딱 2달 만에
로맨스 작가로
데뷔시켜 드립니다

일러두기

1. 웹소설 특성상 어법이나 표기법이 맞지 않는 줄임말과 신조어가 자주 등장한다. 대부분은 국립국어원 원칙을 따랐으나, 관용적으로 굳어져 널리 사용되는 용어는 장르의 이해를 돕기 위해 그대로 사용했다. (예시 : 콘택트 → 컨택, 열성 팬 → 찐팬)

2. 도서의 모든 정보는 발행일 기준으로 정리된 내용으로, 이후의 업계 흐름이나 플랫폼 정책 등에 따라 달라질 수 있다.

딱 2달 ∼∼∼ 만에 로맨스 작가로 데뷔시켜 드립니다

무조건 선인세 받고 계약하는
실패 없는 웹소설 작법서

로엘 지음

peach X

하루라도 더 빨리,
'계약 작가'가 되어야 하는 이유

시작하기에 앞서 이 책을 집어 든 예비 작가분들께 묻고 싶습니다.

"여러분은 소설을 쓰려는 이유가 무엇인가요?"

글을 쓰는 게 너무 재밌고 행복해서, 내 취향을 가득 담은 글을 쓰고 싶어서, 머릿속에 떠오르는 장면들을 글로 풀어내고 싶어서, 자유롭게 상상하는 게 재미있어서, 웹소설을 읽다 보니 나도 한번 써보고 싶어서, 어릴 때부터 작가가 꿈이어서, 내 글로 다른 사람들을 설레게 만들고 싶어서, 취미로 썼는데 사람들의 반응이 좋아서, 팬픽으로 시작했지만 이제는 내 소설을 쓰고 싶어서, 글을 쓰는 게 제일 잘하는 일이라서, 글 쓸 때 가장 행복해서.

다양한 이유가 있겠지만, 모든 사례를 관통하는 핵심은 바로 '하고 싶은 이야기'가 있다는 것입니다.

"작가에게는 모두 풀어내고 싶은
각자의 이야기가 있습니다."

머릿속에 상상으로만 존재하던 이야기들을 글자로 마음껏 풀어내는 것은 그 자체로도 큰 기쁨입니다. 좋아하는 일을 하며 자아실현을 하는 것, 이것이 바로 웹소설 집필의 핵심입니다.

여기서 한 발짝 더 나아가 독자들의 사랑도 받고, 계약과 출간으로 경제적인 풍요로움까지 누리면 좋지 않을까요? 웹소설 집필의 또 다른 장점이자 많은 사람들이 작가 데뷔를 꿈꾸는 이유는 바로 경제적인 여유니까요.

계약 후 받는 선인세와 런칭 이후 얻는 수입은 막연히 생각하는 것보다 많습니다. 작품과 프로모션에 따라 달라질 수는 있지만, 계약 후 최소 몇 백만 원의 수입이 생깁니다. 출간 이후에는 여러 유통처를 거치며 추가 프로모션을 받으면서 계속해서 돈을 벌게 됩니다. 또 소설이 웹툰화나 드라마화, 영화화 등 2차 창작이 되는 경우, 2차 저작물 수익에 대한 매출까지 꾸준히 들어옵니다. 한 번 소설을 써놓으면 하나의 '머니 파이프'가 생기는 거죠!

"그러면 어떻게 해야 가장 빨리
계약 작가가 될 수 있을까요?"

저는 계약을 하겠다고 마음먹은 순간부터 실제 계약에 이르기까지 단 2개월이 걸렸습니다. 짧은 기간 안에 계약 작가가 될 수 있었던 이유는 이 책에 담은 저만의 자료집 덕분입니다. 자료집을 만든 과정은 다음과 같습니다.

우선 세 군데의 메인 유료 플랫폼을 분석하고, 시행착

오를 통해 가장 효율적으로 투고를 하는 마법의 체크리스트를 만들었습니다. 나아가 플랫폼 분석, 출판사 정보, 매력적인 시놉시스 작성법, 투고 체크리스트 등의 정보들을 가장 효율적인 순서로 배치해 시스템화했습니다.

처음부터 끝까지 정리하는 데 굉장히 많은 시간이 걸렸지만, 완성된 이후로는 집필부터 계약까지의 프로세스가 매우 빠르게 진행되었습니다. 덕분에 남들보다 훨씬 더 많은 출판사에 훨씬 빠르게 투고할 수 있었고, 투고 합격률도 획기적으로 높아졌습니다. 이렇게 정리한 자료집과 마법의 체크리스트는 지금도 저만의 비밀 무기가 되어 차곡차곡 데이터를 쌓고 있습니다.

"2개월 만에 웹소설 계약 작가가 되려면
웹소설 업계를 완벽하게 분석한 자료집과
마법의 체크리스트가 필요합니다."

이 책은 쓰고 싶은 이야기를 즐겁게 쓰면서, 상업적으로도 성공하는 방법을 담은 전략적인 웹소설 자료집입니다. 그중에서도 '여성향 소설'인 로맨스 판타지, 현대 로맨스 장르에 포커스를 맞춰 집필했습니다. 가장 대중적인 장르이므로 성공할 수 있는 기회가 많기 때문입니다.

모든 챕터의 정보는 '계약 작가'라는 목적에 맞추어 구성했고, 여러분의 시간을 아껴드리기 위해 필요한 부분만 정확하고 효율적으로 담았습니다. 이 책과 함께라면, 여러분도 누구보다 빠르게 계약 작가가 될 수 있을 것입니다.

이 책을 통해 처음 작품을 집필하는 분이 계시다면, 완결까지의 여정을 열심히 달려가기를 응원합니다. 완결은 그 자체로 큰 의미를 가지기 때문입니다. 또한 이 책을 통해 계약 작가로 거듭난 분이 계시다면 좋은 일에 함께 축하해드리고 싶습니다.

출간을 준비하면서, 이 책으로 인해 웹소설 작가가 되는 일이 훨씬 쉬워지고, 업계의 진입 장벽이 많이 낮아지겠다는 생각이 들었습니다.

"정보가 없고 어떻게 시작할지 몰라
웹소설 작가라는 꿈을 포기했던 분들께
든든한 가이드라인이 되었으면 좋겠습니다."

많은 분들이 작가가 되기 위한 정보와 계약 조건을 제대로 알게 됨으로써 웹소설 업계 또한 플랫폼과 출판사, 작가가 모두 더 좋은 방향으로 발전해 나갔으면 하는 바람입니다.

이 책과 함께 계약 작가가 되실 여러분, 성공한 웹소설 작가가 되시길 진심으로 응원합니다!

로열

목차

Chapter 1

2달 만에 계약 작가로 데뷔한
'플무컨투'의 비밀

Chapter 2

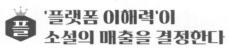
**플 '플랫폼 이해력'이
소설의 매출을 결정한다**

Chapter 3

'무료 연재' 하나로
'찐팬' 만드는 법

Chapter 4

출판사가 알아서 찾아오는
'컨택 시크릿' 비법

Chapter 5

계약률 300% 올리는 '투고 시스템'

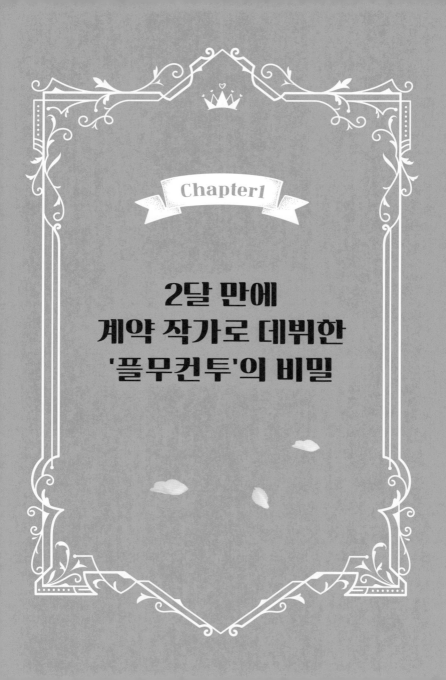

Chapter1

2달 만에
계약 작가로 데뷔한
'플무컨투'의 비밀

무료 연재는 쉽지만
계약은 어려운 웹소설

헤비 독자에서
초보 작가로

로맨스 소설에 빠져든 건 초등학생 때부터였다. 용돈을 모아 매일 대여점에 출석 체크를 하며 그 당시 유행하던 귀여니 소설부터 '사악 소녀' 시리즈까지 수많은 로맨스 소설을 빌려 읽었다. 대여한 소설은 밤을 꼴딱새우며 하루 만에 다 읽었고, 재미있는 소설은 여러 번빌려 보곤 했다. 그렇게 하루가 멀다 하고 대여점에 출석하며 소설 칸에 꽂힌 로맨스 소설을 전부 다 읽었다.

중학생이 되어서는 로맨스 소설과 함께 좋아하는 연예인의 팬픽을 접했고, 글을 잘 쓰는 사람들이 세상에는 정말 많다는 것을 알게 되었다. 팬픽을 팔아 해외여행을 다녀온 작가들의 이야기를 들을 때는 대단하다는 생각도 들었다. 하지만 나는 단 한 번도 팬픽을 써본 적이 없다. 그때까지는 한 명의 독자로서 작가가 쓴 작품을 읽는 것에만 만족했기 때문이다.

그러다 우연히 진짜 작가들의 개인 블로그나 소설 연재 사이트에서 로맨스 웹소설을 읽을 수 있다는 것을 알게 되었다. 그날부터는 다시 컴퓨터 앞에 앉아 다양한 장르의 로맨스 소설을 섭렵하며 행복한 시간을 보냈다. 그렇게 고등학생 때까지 인터넷 소설을 읽었고, 대학 입시 공부를 위해 잠깐 소설을 멀리했던 1년의 기간을 지나 성인이 되었다.

그 무렵 웹소설을 판매하는 유료 플랫폼들이 급성장하면서 기존에 종이책으로만 나오거나 텍스트로 떠돌던 웹소설들이 앞다투어 정식 e북으로 출간됐다. 좋아했던 작가들의 작품이 유료 플랫폼에 e북으로 하나둘 올라오는 것을 보며 '이 작품을 드디어 구매할 수 있다니!' 하고 환호성을 지르곤 했다.

그렇게 다양한 장르의 소설을 읽으며 차곡차곡 장르적 지식을 쌓은 지 십몇 년이 흐른 어느 날, 문득 흘러넘치는 상상을 글로 옮기고 싶다는 생각이 들었다. 내 취향에 딱 맞는 소설을 써서 즐기고 싶었다. 웹소설 작가가 되어야겠다고 생각한 첫 순간이었다.

생각보다 반응이 좋았던 무료 연재

웹소설 작가가 되겠다고 결심한 당시, 나는 직장을 다니고 있었다. 회사에서는 해야 하는 업무가 많았기에 평일에는 일하고 쉬는 날에는 잠을 자거나 쉬기 바빴다. 하지만 그 와중에도 항상 작가가 되고 싶다는 꿈을 마음 한 편에 간직하고 살았다.

업무 중 틈틈이 떠오른 플롯을 종이에 옮겨 적으며 소설을 쓸 기회를 엿보던 중, 우연한 기회에 퇴사를 하게 됐다. 그리고 그간 참았던 열망을 실현하기 위해 본격적으로 소설을 쓰기 시작했다.

처음에는 우선 기승전결을 대략적으로 짠 상태에서 그간 읽었던 소설들처럼 도입부를 썼다. 낯선 곳에 떨어진 주인공이 새로운 세계에서 다른 인물들을 만나며 적응해가는 줄거리였는데, 내가 상상한 그대로를 소설로 만드니 너무 재밌었다. 몇 편 쓰고 나서는 나 혼자만 보기에는 아깝다는 생각에 '조아라'라는 플랫폼에 무료 연재를 시작했다.

작가로서 소설을 '쓰는' 경험 자체가 당시의 목표였기 때문에 아무런 기대 없이 소설을 써서 올렸다. 그런데 소설을 한 편씩 올릴 때마다 조회 수가 늘어나고, 회차가 늘수록 하나둘 댓글이 달리기 시작했다. 독자들의 긍정적인 댓글은 상상 이상의 큰 기쁨이었다.

그렇게 힘을 얻어 한 달 동안 열심히 썼더니 어느 새 20화가 되었다. 조아라에는 20회 이상 작품을 쓰면 '베스트 작품'에 도전하는 시스템이 있는데, 거기서 기대 이상의 호응을 얻었다. 생각보다 좋은 반응에 깜짝 놀라 투고를 해도 되겠다는 생각이 들었다.

겁 없이 도전한
출판사 투고

우선 웹소설 업계에서 가장 유명한 로맨스 출판사 열 군데를 추려 도전했다. 처음이라 아무것도 몰랐기 때문에 출판사에서 기본적으로 요구하는 시놉시스를 채워 넣는 것도 시간이 오래 걸렸고, 출판사마다 다른 시놉시스 양식을 맞추는 과정에서 며칠이 순식간에 지나갔다.

해본 사람은 알겠지만 투고는 생각보다 많은 에너지를 필요로 한다. 실제로 첫 투고를 진행하면서 시간이 지날수록 빨리 해치워버리고 싶다는 생각이 간절했고, 끝나고는 기진맥진해 침대에 드러누워 휴식을 취했다.

투고를 하면 끝일까? 당연히 아니다. 투고 후 답장을 기다리는 것도 초보 작가에게는 꽤나 초조한 일이다. 내가 보낸 열 군데 출판사 중에는 한 달을 기다려야 한다는 곳도 있었지만, 다행히 대부분의 출판사에서 생각보다 빠르게 답변을 주었다.

며칠 지나지 않아 첫 메일이 날아들었다. 두근거리는 마음으로 열어보았지만 결과는 반려. 살짝 실망했지만 남은 출판사가 많았기에 희망을 가졌다. 2주 정도 지나자 모든 출판사에서 회신이 도착했다. 기대와 달리 결과는 올(all) 반려. 아무래도 기운이 빠지는 건 어쩔 수 없었다.

하지만 나는 투고가 모두 반려당한 이 시점을 계약 작가가 되는 시작점으로 삼았다. 정말 어쩌다 보니 투고까지 하게 된 상황이었고, 준비되지 않은 투고였기에 승산이 없었을 뿐, 조금만 더 노력하면 계약 작가가 될 수 있겠다는 가능성을 엿본 것이다.

우선 여러 출판사에서 받은 피드백을 통해 작품의 문제점을 분석했다. 처음 쓴 글인 데다 나의 만족을 최우선으로 두었기 때문에 부족한 부분이 많았다. 조언을 받아들여 하나하나 고치다 보니 의도치 않게 리메이크 작품이 탄생했다.

2달 만에
계약 작가가 된 비밀

전략적으로
투고에 도전하다

열 통의 반려 메일을 받고 2주 동안 원고를 고친 다음, 투고 방법을 더 전략적으로 바꾸었다. 이번에는 소설 수정과 함께 유료 플랫폼 분석을 하고 출판사 분석까지 병행해 내 작품과 가장 잘 맞을, 그래서 투고 합격률이 가장 높을 만한 다섯 군데의 출판사를 추렸다. 그리고 새롭게 만든 마법의 체크리스트를 단계별로 활용했다.

내가 봐도 이전에 비해 훨씬 나아진 원고와 매력적으로 바뀐 시놉시스를 두근거리는 마음으로 투고했고, 그 결과는 정말 놀라웠다. 투고를 한 바로 다음 날, 한 출판사에서 회신이 왔다. 떨리는 마음으로 메일을 열어보니 길고 긴 칭찬 일색의 피드백 끝에 나와 함께하고 싶다는 문장이 적혀 있었다. 소설을 쓰기 시작한 지 단 2달 만에 받은 긍정 답변이었다.

내가 짠 전략이 정말 효과가 있다는 사실에 놀라움을 금치 못했다. 그리고 이틀 뒤에 다른 출판사에서 또 다시 긍정 메일을 받게 되었다. 이번에는 출판사 담당자가 작품이 너무 좋았다며 직접 전화로 작품 피드백을 주었다. 두 출판사의 조건이 같았기 때문에 그중 한 출판사를 골라 계약을 진행했다.

첫 계약 성공 후 같은 방법으로 여러 차례 계약에 성공하며 투고 프로세스를 더욱 구체적으로 체계화할 수 있었다. 그리고 이 자료집이 비단 나뿐만 아니라 다른 작가 지망생은 물론 기성 작가에게도 도움이 될 거라는 확신이 들었다.

소설 쓰기만큼 중요한
플랫폼 분석과 파악

지망생들은 흔히 이렇게 생각한다.

'좋은 작품만 쓰면 나머지는 알아서 잘 되겠지?'

여기서 '좋은 작품'이란 무엇일까? 보통 자신의 마음에 드는 작품을 꼽을 것이다. 하지만 계약 작가가 되려면 시선을 달리해야 한다. 웹소설에서 '좋은 작품'이란 바로 '독자가 좋아하는 작품'이다.

웹소설 작가가 된다는 것은, 하나의 직업으로서 작가의 길을 택하는 것이다. 따라서 소설을 쓰는 실력과 더불어 플랫폼과 프로모션에 대한 분석은 물론, 작가로서 데뷔하고 성공할 수 있는 전략이 반드시 필요하다. 이 책에서 그 무엇보다 업계 분석을 비중 있게 다루는 이유다.

시중에 출간된 대부분의 웹소설 도서는 작법에 대한 내용이 주를 이룬다. 그 어떤 책도 계약 작가가 되어 돈을 버는 구체적인 방법을 가르쳐주지 않는다. 계약 작가로 발돋움하기 위한 업계 분석 정보 또한 정확하게 정리한 책이 없다. 아마 앞으로도 나오기 어려울 것이다. 이유는 크게 두 가지이다. 첫째, 데뷔 과정 전반에 대한 체계적인 프로세스를 만든 작가가 없고, 둘째, 메인 유료 플랫폼 3사에 대해 정확하게 분석 가능한 작가가 매우 소수이기 때문이다.

실제로 이 책에 정리한 내용은 객관적인 기준을 고려해 담은 일부의 정보임에도 불구하고, 이만큼이라도 정확히 아는 작가를 찾아보기 힘들다. 그래서인지 이 책의 바탕이 되는 자료집을 펀딩했을 때 열광적인 환호와 함께 덕분에 작가의 꿈을 실현했다는 감격스러운 피드백을 많이 받았다. 다음은 실제 현업 작가들이 남긴 후기이다.

✴ 작가가 꿈인 저에게 너무나 유용한 자료집입니다. 보통의 스토리 작법서와 달리 요즘 웹소설 업계에 맞춘 투고 방법, 스토리 작법 등 현실적인 내용을 볼 수 있어 좋았습니다.

✴ 입문자가 쉽게 접하기 어려운 정보들이 한곳에 모여 있어요.

✷ 진작에 알았으면 좋았을 내용이 모두 정리되어 있어서 좋았습니다. 조금 더 일찍 접했더라면 하는 생각도 들었어요. 작품 쓰고 나서 투고할 때 많은 도움을 받았답니다. 덕분에 좋은 소식도 있었고요. 늦었지만 좋은 자료집 너무 감사합니다.

✷ 초보 작가들이 참고하면 좋을 만한 만족스런 프로젝트였습니다. 개인적으로는 각 연재 플랫폼별 특징들이 잘 설명되어 있어서 어느 플랫폼이 본인에게 맞을지 잘 비교할 수 있어 도움이 되었습니다.

✷ 알찬 정보가 꽉 차 있습니다! 각 플랫폼별 프로모션에 대한 정보가 제일 좋았고요! 이미 알고 있던 내용들 또한 정리가 되어 있다 보니 읽으면서 고민하던 부분에 대해 다시 한번 되새길 수 있어서 유용했어요. 감사히 사용할게요☺

✷ 플랫폼별 설명 부분이 가장 좋았습니다. 누구도 명확히 말해주지 않는 정보들을 접해서 속 시원했어요.

멘탈 관리법이나 놓치기 쉬운 부분까지 꼼꼼히 다뤄서 감탄했습니다. 좋은 프로젝트 고맙습니다.

✳ 처음 글을 쓰는 저에게 자세한 가이드라인이 되어주었습니다. 너무나 막막했는데 덕분에 시작할 수 있게 되었어요. 감사합니다.

계약 작가가 되는 치트키 공식, '플 → 무 → 컨 → 투'

계약 작가가 되는 마법의 프로세스

내가 누구보다 빨리, 단 2달 만에 계약 작가가 된 데에는 비밀이 있다. 바로 '플→무→컨→투'라는 체계적인 시스템을 따른 것이다. 이 용어는 단계별로 중요한 키워드의 앞 글자를 따서 만든 것으로, 각기 플랫폼, 무료 연재, 컨택, 투고를 뜻한다. 내가 계약 작가가 되기 위해 2달 동안 압축적으로 시행착오를 겪으며 찾아낸 가장 효과적인 계약 과정이자, 이 책의 구성적 토대다.

[플]: 플랫폼 분석
[무]: 무료 연재 방법
[컨]: 컨택 출판사 정보
[투]: 투고 성공 비법

이제 '플→무→컨→투' 시스템대로 소설을 쓴다고
가정해보자.

플랫폼 분석,
작품 스타일을 정하는 기준

우선 웹소설 유료 플랫폼 중 어떤 곳에 소설을 판매할
지 정해야 한다. 작품이 유료로 연재되는 플랫폼 중 가
장 대중적인 인기를 누리는 곳은 네이버 시리즈, 카카오
페이지, 리디이다. 이때 어떤 기준으로 플랫폼을 골라야
할까? 먼저 다음 질문에 답해보자.

플랫폼에 대해 당신은 얼마나 알고 있는가? 플랫폼의 핵심인 프로모션에 대해 전부 파악하고 있는가? 소설에 플랫폼에서 팔릴 만한 매력적인 키워드들이 포함되어 있는가?

플랫폼에 대한 정보는 끊임없이 변한다. 또한 시중의 어떤 책에서도 플랫폼과 프로모션에 대해 체계적으로 알려주지 않는다. 작가들 사이에서도 드러내놓고 이야기를 하는 경우는 거의 없다. 따라서 대부분의 지망생과 신인 작가들은 플랫폼에 대해 거의 모른다. 알더라도 매우 단편적인 정보라 실제와는 다를 가능성이 높다.

플랫폼 분석이 중요한 이유는, 플랫폼의 성향을 이해하고 본인에게 잘 맞는 플랫폼을 타깃으로 소설을 써야만 출간했을 때 가장 많은 매출을 얻을 수 있기 때문이다. 작품을 쓰기 전 해당 작품이 어떤 플랫폼에서 가장 잘나갈지, 그 플랫폼에서 원하는 플롯이나 특성은 무엇인지 파악해두면 큰 도움이 된다. 바로 다음 장에 플랫폼별 분석 자료를 정리해두었으니 꼼꼼하게 확인하기 바란다.

무료 연재,
찐팬을 만드는 시작점

플랫폼에 대해 알게 되었다면, 이제 무료 연재를 시작할 차례다. 플랫폼에서 지금 가장 '잘나가는' 키워드를 확인하고 해당 키워드가 들어간 작품을 써서 실제 반응을 파악하는 것이다.

무료 연재에도 기술과 전략이 필요하다. 수많은 무료 플랫폼 중 어떤 플랫폼에서 연재를 시작해야 할까? 무료 연재 플랫폼은 어떤 시스템으로 운영되기에 계약의 필수 조건이라고 하는 걸까? 독자의 유입을 늘리려면 어떻게 해야 할까? 어떻게 하면 돈 안 들이고 멋진 표지를 만들 수 있을까? 무료 연재를 다룬 3장에서는 이러한 질문에 대한 해결책을 속 시원히 내려준다.

무료 연재는 찐팬을 만들고 원고 감각을 익히는 과정이자, 내 작품이 객관적으로 어떤지를 파악할 수 있는 소중한 베타 테스트 공간이다. 또한 실제 연재해보며 회차별 스토리 완급을 조절하는 방법을 익히고 원고의 흐름이나 본인의 집필 스타일까지 파악할 수 있는데, 이는 추후 작가가 되었을 때 많은 도움이 된다.

따라서 막 시작하는 초보 작가라면 무료 연재로 이름과 작품을 알리고 연재의 감을 익힌 다음 출판사와 플랫폼의 문을 두드리는 게 좋다.

컨택,
내 맘에 드는 출판사 고르기

출판사에서 계약하고 싶다고 먼저 연락해오는 작가가 되는 것은 모든 지망생들의 꿈일 것이다. 그러면 어떻게 해야 출판사에서 먼저 '컨택'이 올까? 그리고 여러 출판사 중 어떤 출판사와 계약해야 할까?

첫 번째 질문의 답은 '플랫폼 분석'에 있다. 플랫폼을 분석하고, 타깃한 플랫폼에서 잘나가는 키워드를 사용해 무료 연재를 하다 보면 자연스럽게 컨택 메일을 받을 확률이 높아진다. 출판사 담당자들은 늘 새로운 작가를 찾기 위해 무료 연재처를 확인하기 때문이다.

두 번째 질문의 답은 '출판사를 고르는 가이드라인'에

있다. 아무 출판사나 골랐다가는 계약 후 엄청나게 고생할 수 있다. 이를 방지하기 위해 출판사를 선택하는 절대적 기준이 필요하다.

4장에서는 여러 선택지 중 가장 좋은 출판사, 나와 잘 맞는 출판사를 선택하는 방법을 자세히 알려줄 것이다.

투고, 매력적인 시놉시스와 원고

무료 연재 후, 투고를 한다고 가정해보자. 투고는 준비된 분량의 소설 원고가 있다면 누구나 도전할 수 있다. 하지만 웹소설 출판사는 로맨스 분야만 하더라도 100군데가 훨씬 넘는다. 그리고 지금도 새로운 출판사가 생기는 중이다.

그럼 어떤 출판사에 투고해야 할까? 시놉시스 소개글과 캐릭터 설명은 어떻게 써야 할까? 기승전결은 도대체 어떻게 쓰는 걸까? 원고는 어떻게 보내야 담당자의 눈에 띌까? 계약을 조율하는 과정에서는 어떤 질문을 해야 불합리한 계약을 피할 수 있을까?

10~20개의 출판사에 투고하려면 평균적으로 일주일 정도의 시간이 소요된다. 과장 같지만 사실이다. 출판사 정보를 일일이 찾아내 각기 다른 포맷에 맞추어 시놉시스를 작성해야 하기 때문이다. 또한, 메인이 되는 원고를 어떻게 보낼지, 긍정 메일에 어떻게 답할지, 계약 조건은 어떤 기준으로 봐야 할지도 고민거리다.

하지만 투고 과정에 대한 정보는 플랫폼 분석 자료만큼이나 찾기가 어렵다. 그래서 불합리한 계약을 하고 추후 엄청난 고생을 하는 작가들이 생각보다 많다. 실제로 작가들과 이야기를 나누어보면 다들 불합리한 계약을 한 건씩은 겪은 경험들이 있다.

투고를 다룬 5장에서는 위의 모든 질문에 답이 되는 특급 정보를 완벽하게 정리했다. 다른 장도 마찬가지이지만, 특히 5장의 투고 및 계약 정보는 웹소설 작가들이 모인 커뮤니티에서도 얻기 어려운 정보임을 알고 읽는다면 그 가치가 더 와닿을 것이다.

마법의 체크리스트, 10분 만에 투고하는 비밀

마법의 체크리스트는 투고 시스템화의 결정판이다.

여성향 소설 작가들이 가장 많이 투고하는 출판사는 어디일까? 투고 긍정/반려 회신을 나만의 출판사 데이터로 만들려면 어떻게 해야 할까? 출판사가 제시한 계약 조건을 한눈에 비교하려면 어떤 틀이 필요할까? 독소 조항을 확인할 때 출판 분야 표준 계약서를 어떻게 활용해야 할까? 장르별 웹소설 출판사 정보를 전부 모아놓은 사이트가 있을까? 로맨스 판타지와 현대 로맨스의 장르별 대표 키워드는 무엇일까?

이러한 질문들에 대한 상세한 답을 완벽하게 정리해 두었으니 투고 시 활용하기 바란다.

나는 이 모든 과정을 단 2달 만에 끝내고 계약 작가가 되었다. 그리고 그 핵심 비법을 이 책에 모두 담았다. 플랫폼에 대한 완벽한 분석과 로맨스 작가들이 가장 많이 투고하는 출판사 100개의 정보, 일주일이 걸릴 투고를

10분으로 줄여줄 마법의 체크리스트까지, 많은 지망생과 신인 작가들이 정보를 수집하는 데 드는 시간을 아껴 빠르고 쉽게 계약 작가가 되기를 기대한다.

+ Tip Box +

초보 로맨스 웹소설 작가를 위한 장르 설명

현대 로맨스
줄임말로는 '현로'라고 한다. 현대를 배경으로 펼쳐지는 로맨스 소설로, 타 장르에 비해 드라마화, 웹툰화 등 2차 저작물로의 전환이 활발하다. 로맨스 판타지 장르에 비해서는 독자 수가 적지만, 독자 연령대가 높아 전반적인 수위가 높고 마니아층의 꾸준한 소비가 특징이다.

로맨스 판타지
줄임말로는 '로판'이라고 한다. 판타지에는 서양풍, 동양풍, 미래 시대, 군부, SF 등 다양한 장르가 있다. 로맨스 판타지 분야의 압도적인 1위는 서양풍 로맨스 판타지이다. 서양풍을 바탕으로 군부, SF 등 다양한 세계관이 합쳐지고는 한다. 흔히 알려진 클리셰가 북부에 사는 대공과 빙의한 영애인 이유가 여기에 있다. 로맨스 판타지 또한 웹툰화가 매우 활발하며, 동양풍 판타지 소설의 경우 드라마화되기도 한다.

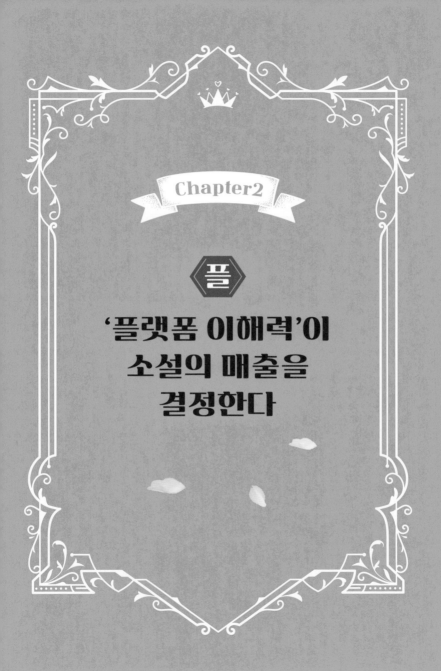

Chapter2

플

'플랫폼 이해력'이
소설의 매출을
결정한다

장르별 트렌드를 주도하는
매출 톱3 플랫폼 분석

수익과 직결되는
트렌드 파악

대표적인 유료 웹소설 연재 플랫폼으로는 매출을 기준으로 한 톱3가 있다. 네이버 시리즈, 카카오페이지, 리디가 그것이다. 세 플랫폼은 각각의 장르를 중심으로 웹소설 시장을 주도하고 있다.

플랫폼별 성향은 플랫폼을 이용하는 독자들의 선호도와 취향, 플랫폼이 밀어주는 소설의 스타일과 핵심 프로모션에 따라 조금씩 다르다. 이를 파악하는 가장 좋은 방법은 플랫폼의 독자가 되는 것이다.

작가 또한 다른 소설의 독자이기 때문에 플랫폼을 이용해 소설을 읽은 경험이 있을 것이다. 그리고 자연스럽게 플랫폼에서 잘나가는 소설은 어떤 소설인지 알게 되었을 것이다. 하지만 독자로서는 자신이 좋아하는 장르나 특정 키워드의 소설만 찾아 읽었을 것이므로 플랫폼의 전체적인 성향까지는 파악하지 못했을 가능성이 높다. 게다가 주로 특정 플랫폼만 이용했다면 다른 플랫폼의 성향에 대해서는 전혀 모를 것이다.

혼자 플랫폼에 대해 분석하면 정보의 불균형으로 인해 잘못된 정보를 철석같이 믿거나, 일부의 사실을 전체를 아우르는 진실로 오해할 수 있다.

이번 장에서는 웹소설 시장을 견인하는 매출 톱3 플랫폼의 핵심 성향과 가장 효과적으로 트렌드를 파악하는 비법을 떠먹여주려 한다.

내 소설이
플랫폼에 유통되기까지

본격적인 플랫폼 설명에 들어가기 전, 우선 자신이 쓴 웹소설이 어떻게 유통되는지 그 과정부터 알아야 한다. 유통 과정을 알면 왜 플랫폼이 중요한지, 왜 매출이 시간차를 두고 들어오는지를 한눈에 파악할 수 있다.

출판사와 계약 후 제일 먼저 하는 일은 초고[1]를 담당자의 리뷰에 따라 수정하는 것이다. 이 과정을 2~3번 혹은 그 이상 반복하여 심사고[2]가 만들어지면, 심사고를 웹소설 플랫폼에 전달한다. 그리고 심사 결과에 따라 플랫폼이 지정한 일자에 런칭(출간)된다. 이때 최고 프로모션일 경우, 플랫폼에서는 출판사를 통해 작가에게 MG[3]를 지급한다.

장르를 불문하고 대부분의 웹소설은 톱3 플랫폼인 네

---

1 처음 쓴 원고. 초벌 원고라고도 부른다.

2 플랫폼에 심사를 넣는 최종 원고.

3 Minimum Guarantee의 줄임말로, 플랫폼 선인세를 뜻한다.

이버 시리즈, 카카오페이지, 리디에서 1차로 유료 연재, 즉 유통된다. 이유는 간단하다. 이 세 군데가 출간 시 가장 많은 매출을 기대할 수 있는 플랫폼이기 때문이다.

1차 유통처인 세 플랫폼 중 한곳에서 유료 연재를 하고 완결까지 냈다면, 계약한 독점 기간이 끝나는 시기에 맞추어 소설을 다시 단행본의 형태로 출간해 2차 이상의 유통처에 판매한다. 이때 2차 이상의 유통처에는 예스24, 교보문고, 원스토어, 미스터블루, 톡소다, 알라딘, 블라이스, 북큐브 등이 있다.

출판사 계약 후 유통 과정

출판사 계약

- 초고 피드백 및 교정 작업 후 심사 원고 완성
- 1차 유통 플랫폼에 프로모션 심사 신청

유료 연재 및 1차 유통

- 네이버 시리즈, 카카오페이지, 리디
- 회차별 연재 형태, 연재 독점 기간 동안 다른 플랫폼에 유통되지 않음

2차 이상 유통

- 예스24, 교보문고, 원스토어, 미스터블루, 톡소다, 알라딘, 블라이스, 북큐브 등
- 단행본 형태로 자유롭게 유통, 플랫폼별 오픈 기간을 달리 두어 2차, 3차로 순차별 진행하기도 함

유료 연재 매출의 핵심,
프로모션

프로모션이란 플랫폼에서 작품을 홍보하는 것을 말한다. 상위 프로모션, 즉 좋은 프로모션을 받을수록 내 작품이 더 많은 독자들에게 노출된다는 뜻이다. 독자들의 눈에 띌수록 클릭 수가 늘기 때문에 자연스럽게 뷰 수도 늘고 매출이 상승한다.

그러면 어떻게 해야 상위 프로모션을 받을 수 있을까? 플랫폼의 성향을 잘 반영한 작품일수록 상위 프로모션을 받을 확률이 높다. 그래서 플랫폼의 특징, 선호하는 스타일을 아는 것이 매우 중요하다고 거듭 강조하는 것이다.

로맨스 장르에서 프로모션은 작가들의 기분과 매출을 좌우하는 중요한 문턱이기도 하다. 하지만 프로모션에 대해 알려주는 책은 전무하고, 커뮤니티에서도 제대로 알려주는 글은 거의 찾아볼 수 없다. 그래서 나는 작가가 되면서부터 점진적으로 프로모션 정보를 모으기 시작했다. 프로모션에 대해 알고 시작하면, 남들보다 두 배 이상 빠르게 출발할 수 있기 때문이다.

네이버 시리즈

네이버의 유료 웹소설, 만화, e북 플랫폼. '네이버 웹소설'과 '네이버 웹툰'에서 정식 연재되는 소설 및 만화와 '시리즈'에서 단독 혹은 독점으로 런칭되는 다양한 장르의 작품이 있다. 네이버 시리즈 홈페이지에 보이는 3가지 장르 분류 탭 중 '웹소설' 탭이 웹소설 업계에서 작가들이 이야기하는 '시리즈'이다. '쿠키'를 구매하면 이걸 사용해 작품을 볼 수 있다.

✦ **대표 프로모션 :** '매일 10시 무료', '타임딜'

네이버 시리즈
성공의 비밀

비밀 1_대표 키워드 :
집착 남주, 후회 남주, 회귀, 계약 결혼, 임신 후 도망

　시리즈에서 성공하는 대표적인 키워드는 '계약 결혼', '후회', '회귀', '임신 후 도망'이다. 등장인물 중 특히 남자 주인공의 매력도가 중요하며, 집착남이나 후회남 캐릭터가 인기를 끈다. 독자로서 소설을 읽을 때 이런 소재가 끌리거나, 소설을 무료 플랫폼에서 연재할 때 이런 키워드를 넣은 작품의 반응이 좋았다면 시리즈를 공략해도 좋다.

이 대표 키워드들이 시리즈에서 흥행하는 이유를 세부적으로 독자 연령층, 강세 장르와 전개, 콘텐츠 연령등급 기준을 통해 알아보겠다.

비밀 2_독자 연령대 : 상대적으로 높은 40~60대

20대 전후의 작가들은 '정말 40~60대 독자가 있을까?' 싶겠지만, 웹소설을 즐기는 연령층은 생각보다 다양하다. 실제로 매출 통계를 내보면 중장년층 매출이 과반을 넘는 작품도 많다. 그중에서도 현대 로맨스는 장르적 특성으로 인해 40~60대 독자가 많은 편인데, 시리즈의 메인 독자층이 바로 이 연령이다.

물론 시리즈에도 10대와 20대 독자들이 존재한다. 하지만 타 플랫폼 대비 평균 연령대가 높아 플랫폼 측에서도 높은 연령대를 메인 독자층으로 두고 작품을 선별해 올리는 경향이 강하다. 시리즈에서 런칭하는 작품을 살펴보면 깊은 감정선 위주로 인물들 사이의 관계를 세밀하게 표현하는 작품이 많은데, 이것 또한 메인 독자층의 선호도가 반영된 결과다.

비밀 3_강세 장르와 전개 : 아침 드라마 같은 현대 로맨스

시리즈의 강세 장르는 현대 로맨스다. 특히 아침 드라마같이 극단적인 신분 차이의 남녀가 만나 극적인 반대 혹은 감정의 변화를 겪으며 사랑의 결실을 맺는 전개가 주를 이룬다. 보다 수동적이고 청순가련한 여주가 많은 것도 같은 맥락이다.

로맨스 판타지의 경우, 회귀 전의 처절하게 고통받던 삶과 회귀 후 주인공의 삶을 힘들게 만든 악역에 대한 복수를 중심으로 전개되는 작품이 많다. 여기서도 역시 깊은 감정선이 두드러진다는 게 특징이다.

시리즈는 전개에서 로맨스의 비중이 크고, 사건보다 인물 사이의 감정 변화를 토대로 스토리를 끌고 나가

는 작품이 대다수다. 특히 시리즈에서 자체적으로 '픽'
한 '정식 연재 작품'의 경우 이러한 성향이 더욱 두드러
진다. 이를 '네이버 클래식'이라고도 표현하는데, 공중파
아침 드라마 스타일이라고 생각하면 가장 빠르고 정확
하게 이해할 수 있다.

비밀 4_주인공의 특징 :
#나쁜 남자 #후회남 #집착남 #순진녀 #청순가련

시리즈의 주인공 키워드는 남녀의 대비가 명확하다.
능력 있고 잘생겼으며 남성적인 부분이 굉장히 두드러
지는 남주[4]에 반해, 여주[5]는 매우 아름다우면서도 유약
하거나 청순가련한 스타일이 많다.

소설의 소재는 계약 결혼, 선 결혼 후 연애, 비서, 몸정

---

4 남자 주인공의 줄임말.

5 여자 주인공의 줄임말.

→ 맘정[6], 임신 후 도망, 이혼, 후회, 집착, 재혼, 복수, 시
댁 등이 주를 이룬다. 독자들은 이런 소재를 활용한 작품
의 주인공에 동화되어 욕을 하면서도 전개를 따라간다.

비밀 5_콘텐츠 연령 등급 기준 : 전체 연령가 + 진한 15금 로맨스

시리즈 메인 작품의 콘텐츠 연령 등급은 다소 애매하
다. 왜냐하면 표시된 연령의 예상 수위보다 훨씬 더 진
한 성애 장면이 묘사되기 때문이다. 분명 전체 연령가라
고 표시되어 있는데 간접적인 관계 묘사를 드러내는 소
설이 많다. 15세 연령가로 표시된 소설의 경우 거의 타
플랫폼의 19세 연령가와 유사하다고 생각하면 된다.

따라서 시리즈의 수위는 15금 같은 전체 연령가와 19금
같은 15금 로맨스라고 생각하면 된다.

---

6 애정 없이 성적인 접촉부터 한 뒤 조금씩 마음을 열고 관계를 다져가는 스토리.

네이버 시리즈
프로모션 100% 파헤치기

메인 프로모션,
매열무와 타임딜

시리즈에는 크게 두 가지 형태의 프로모션이 존재한다. 바로 '매일 10시 무료(매열무)'와 '타임딜' 프로모션이다. 출판사가 심사 원고를 시리즈에 제출하면, 플랫폼 담당자의 심사를 통해 프로모션 중 특정 요일의 매열무 혹은 타임딜 프로모션을 배정받게 된다.

매일 10시 무료(매열무) : 매일 10시에 1편씩 무료

① 단독 매일 10시 무료(단매)

기본적으로 '매일 10시 무료'는 작품의 유료 회차를 무료 대여권으로 읽은 독자에게 매일 저녁 10시마다 새로운 무료 대여권을 1장씩 제공하는 프로모션이다. 일정 시간마다 다시 무료 대여권을 주어 유료 회차를 계속 무료로 읽게 함으로써 독자 유입을 늘린다.

'단독 매일 10시 무료'는 매일 10시 무료 중 최상위 프로모션이다. 월요일, 화요일, 목요일에 작품을 런칭하고, 각 요일에 단독으로 한 작품만 홍보해준다. 이때 시리즈에서 정산해주는 무료 대여권이 독자들에게 제공되므로 독자의 유입이 많아진다.

최상위 프로모션인 만큼 현재 기준, 시리즈에서 가장 많은 매출을 기대할 수 있는 프로모션이다. 그래서 시리즈에 작품을 런칭하려는 작가들은 모두 단독 매일 10시 무료를 목표로 심사 원고를 제출한다. 그만큼 경쟁이 치열해 프로모션 배정이 어려운 편이다.

② 로판관 토요일 매일 10시 무료(토맬무)

매주 토요일 '로맨스 판타지 연재관'에서 로맨스 판타지 장르의 작품을 2~3가지 홍보해주는 프로모션이다. 여기서도 시리즈에서 정산해주는 대여권을 독자들에게 제공한다.

단독 매일 10시 무료만큼은 아니더라도 어느 정도의 매출을 기대할 수 있는 프로모션이다.

③ 금요일 매일 10시 무료(금맬무/정연)

금요일에 2~5가지 작품을 홍보하는 '시리즈에디션' 프로모션이다.

시리즈에디션이란 이전에 시리즈에 있던 '정식 연재(정연)'가 프로모션 형태로 바뀐 것이다. 우선 시리즈(유료 플랫폼)에서 작품을 런칭하고, 이후 네이버 웹소설(무료 플랫폼)로 소설이 넘어가는 순서로 진행된다.

'금요일 매일 10시 무료'의 경우, 작품이 일정 기간 동안 시리즈에 독점되며 작가는 회차별 원고료를 정산받는다. 이후 전체 회차를 네이버 웹소설에 무료로 풀기 때문에 완결까지 시리즈에서 작가에게 원고료를 지급하는 구조이다. 월급과 비슷한 개념으로 생각하면 이해하기 쉽다.

④ 수요일 매일 10시 무료

수요일에 로맨스 장르의 작품을 2~5가지 모아 홍보해주는 프로모션으로 매일 10시 무료 중 가장 기본적인 프로모션이다. 작품별로 제한된 기간 동안 무료 대여권을 증정하는 선물함 등의 추가적인 프로모션을 통해 독자의 유입을 이끌어내기도 한다.

타임딜 : 2주간 20~50화 무료

한 작품당 20~50화 전후의 회차를 2주 동안 무료로 런칭하는 프로모션이다. 기본적으로 완결까지의 전 회차를 한 번에 업로드하고 그중 20~50화를 2주간 무료로 볼 수 있도록 하여, 프로모션 기간 동안 반짝 독자의 유입을 이끌어낸다. 무료 회차로 관심을 끌고, 이후 회차를 연속 결제하게 만들어 매출을 올리는 시스템이다.

　타임딜은 시리즈의 가장 기본적인 유료 연재 프로모션이다. 런칭 후 매출이 높을 경우 시리즈의 제안으로 상위 프로모션인 매일 10시 무료로 전환되기도 한다.

네이버 시리즈 프로모션 종류	내용	특징	기타
단독 매일 10시 무료	특정 요일에 단독으로 한 작품만을 홍보	현재 시리즈에서 가장 많은 매출이 나오는 프로모션	네이버에서 정산해주는 대여권을 독자들에게 제공
로판관 토요일 매일 10시 무료	토요일에 '로맨스 판타지 연재관'에서 '로맨스 판타지 작품만' 2~3가지 모아 홍보해주는 프로모션	단독 매열무만큼은 아니지만 매출이 잘 나오는 프로모션	네이버에서 정산해주는 대여권을 독자들에게 제공
금요일 매일 10시 무료	금요일에 2~5가지 작품을 홍보해주는 시리즈에디션 프로모션	시리즈(유료 플랫폼)에서 작품을 런칭하고 정식 연재(네이버 웹소설 무료 플랫폼)로 넘어가게 만든 프로모션	일정 기간 동안 해당 작품을 네이버 시리즈에서 독점
수요일 매일 10시 무료	수요일에 2~5가지 작품을 모아 홍보해주는 프로모션	시리즈의 기본적인 유료 연재 프로모션	선물함 등의 추가적인 프로모션이 들어갈 수 있음
타임딜	20~50화 전후의 회차를 2주 동안 무료로 런칭하는 프로모션	시리즈의 기본적인 유료 연재 프로모션	매출에 따라 상위 프로모션인 매열무로 전환되기도 함

카카오페이지

카카오의 유료 웹소설, 웹툰, e북 플랫폼. 카카오페이지에서 단독 혹은 독점으로 런칭되는 다양한 장르의 웹소설과 웹툰 작품이 올라와 있다. 카카오페이지는 소설의 웹툰화가 활발하고, 메인 탭도 웹툰이 먼저 위치해 있는 등, 웹툰을 주력으로 본다. 다만, 웹툰과 웹소설 모두 '삼다무', 즉 '3시간마다 무료' 프로모션을 중점적으로 홍보하는 것은 동일하다. '캐시'를 구매하면 이걸 사용해 작품을 볼 수 있다.

✦ **대표 프로모션 :** '3시간마다 무료', '카카오웹소설',
'또또무', '독점 연재'

카카오페이지
성공의 비밀

비밀 1_대표 키워드 :
빙의, 회귀, 환생, 육아, 걸크러시 여주, 키링 남주

카카오페이지에서 성공하는 대표적인 키워드는 '빙의', '회귀', '환생', '육아', '걸크러시 여주', '키링 남주'다. 독자로서 소설을 읽을 때 이런 소재가 끌리거나, 소설을 무료 플랫폼에서 연재할 때 이런 키워드를 넣은 작품의 반응이 좋았다면 카카오페이지를 공략해도 좋다.

이 대표 키워드들이 카카오페이지에서 흥행하는 이유

를 세부적으로 독자 연령층, 강세 장르와 전개, 콘텐츠 연령 등급 기준을 통해 알아보겠다.

비밀 2_독자 연령대 : 10대부터 20대 초반의 어린 연령층

카카오페이지의 주요 독자 연령층은 매우 어린 편이다. 청소년인 10대부터 대학생과 사회 초년생인 20대 초중반까지의 독자가 많다. 이에 따라 카카오페이지는 학생들이 등하교할 때나 직장인들이 출퇴근할 때 가볍게 볼 수 있는 소설을 주로 런칭한다.

상위 프로모션 작품에서 공통적으로 나타나는 짧은 문장과 경쾌한 분위기, 심플한 감정선, 사건 위주의 빠른 전개는 상대적으로 어린 독자층의 선호도가 반영된 결과다.

비밀 3_강세 장르와 전개 :
로맨스 판타지와 사건 위주의 전개

카카오페이지는 톱3 플랫폼 중 로맨스 판타지, 특히 서양풍 로맨스 판타지에 가장 주력하는 플랫폼으로, 로맨스 판타지 소설의 웹툰화 또한 굉장히 활발하게 진행되고 있다.

상황이 이렇다 보니 카카오페이지에 로맨스 판타지 작가들의 원고가 가장 많이 몰린다. 그래서 프로모션 심사 기간이 타 플랫폼과 비교했을 때 가장 긴 편이다. 평균적으로 최소 2~3개월 이상 걸린다고 보면 된다. 하지만 현재 시점에서 카카오페이지의 로맨스 판타지 장르 플랫폼 MG가 상대적으로 높은 편이라 계속해서 많은 로맨스 판타지 작가들이 카카오페이지에 심사를 넣는 추세다.

작품 전개를 살펴보면 로맨스보다 사건 비중이 더 크고, 주조연들 간의 크고 작은 사건들이 결말까지 끊임없이 이어지는 것이 특징이다. 또한 전반적으로 문장이 짧고 간결한 편이며 가벼운 분위기의 로맨틱 코미디가 주를 이룬다. 카카오페이지 독자는 사이다 전개[7]를 선호하므로 고구마 구간[8]이 상대적으로 짧게 나오고 끝난다.

카카오페이지의 현대 로맨스는 네이버 시리즈와는 분위기가 사뭇 다르다. 시리즈의 작품은 대체로 깊은 감정선과 후회물, 치명적인 남주가 전개를 이끌어간다면, 카카오페이지 작품은 보다 가벼운 로맨틱 코미디이고, 시리즈에 비해서는 적극적인 여주가 전개를 이끈다.

비밀 4_주인공의 특징 : #걸크러시 여주 #당찬 여주 #키링 남주 #잘생긴 남주

카카오페이지의 주인공 키워드는 여자 주인공이 메인이라는 특이점이 있다. 여주들은 대체로 당차고 멋있으며, 모든 문제를 해결하는 핵심 브레인이다. 이에 반해

---

7   갈등이 시원하게 풀리는 이야기 흐름. 독자에게 카타르시스를 준다.
8   갈등이 중첩되어 답답하게 느껴지는 부분.

남주는 흔히 '여주의 키링'이라고 불리는데, 여주의 상대역임에도 불구하고 여주보다 존재감이 덜하고 여주를 돋보이게 하는 조력자 역할을 하기 때문이다.

카카오페이지의 남주는 키링과 같은 가벼운 존재감을 가지지만, 당연히 로맨스 소설 주인공으로서의 기본 자질을 갖추고 있다. 여주가 곤경에 빠졌을 때 여주를 도울 만큼의 재력과 능력이 있으며 잘생겼다.

카카오페이지는 여주가 메인인 만큼, 여주에 대한 키워드가 다양하게 파생되어 있다. 예를 들어 재벌 여주, 사이다 여주, 걸크러시 여주, 햇살 여주 등, 여주의 독보적인 매력과 능력을 나타내는 키워드들이 그 예시다.

비밀 5_콘텐츠 연령 등급 기준 : 전체 연령가

카카오페이지의 주요 독자층이 10대에서 20대 초중반이다 보니, 작품 또한 전체 연령가가 대부분이다. 요즘은 카카오페이지에도 19세 이상 관람가 작품들이 종종 런칭되고 있지만, 여전히 전체 연령가 작품이 압도적으로 많다.

19세 연령가의 소설을 카카오페이지에서 1차로 런칭하는 경우는 거의 없다. 보통은 타 플랫폼에서에서 런칭 후 유명해진 19세 연령가 작품을 카카오페이지에서 2차 유통으로 런칭하곤 한다. 이 경우 19세 연령가 소설과 더불어 표현을 순화한 15세 연령가 소설도 동시에 런칭하는 게 특징이다.

카카오페이지 프로모션
100% 파헤치기

메인 프로모션,
삼다무와 기다무

카카오페이지에는 '3시간마다 무료', '기다리면 무료', '카카오웹소설', '또또무', '독점 연재' 프로모션이 있다.

프로모션의 이름이 모두 다르고 종류가 많아, 독자는 물론이고 웹소설 작가들도 개별 프로모션에 대해 정확히 파악하기 매우 어렵다. 게다가 적극적인 프로모션으로 독자를 유인하기 위해 무료로 볼 수 있는 회차와 캐시 증정이 타 플랫폼에 비해 많은 편인데, 이런 정보를 모아 정리해둔 곳이 없어 작가 입장에서는 답답할 때가 많다.

이렇게 파악하기 어려운 카카오페이지의 메인 프로모션과 핵심 정보를 직관적으로 비교할 수 있는 표와 함께 알려주려 한다. 베일에 싸인 카카오페이지의 프로모션을 종류별로 분석해두었으니 이제 프로모션의 종류와 비중을 몰라 헤매는 일은 없을 것이다.

3시간마다 무료(삼다무) : 3시간마다 1편씩 무료

'3시간마다 무료', 즉 '삼다무'는 독자들이 작품의 유료 회차를 무료 대여권으로 읽으면, 그 다음부터는 3시간마다 무료 대여권을 1장씩 제공해 유료 회차를 계속해서 무료로 읽게 해주는 프로모션이다.

삼다무 작품을 읽는 독자들은 하루 동안 무료 대여권을 총 8장까지 받을 수 있다. 무료 회차가 많이 풀리기 때문에 삼다무 프로모션은 그 자체로 외부 독자를 끌어모으는 '플랫폼 프로모션' 효과를 내기도 하다. 독자들은 무료로 더 많은 회차를 볼 수 있는 플랫폼을 선호하기 때문이다.

물론 작가 입장에서는 무료 회차가 많이 풀리는 만큼 초반 매출을 기대하기 어려울 수 있다. 그러나 런칭 초반에 일정 기간 동안만 삼다무 프로모션을 받고 이후에는 기본적인 '기다리면 무료' 프로모션으로 전환되니 너무 걱정할 필요는 없다.

기다리면 무료(기다무) : 12시간~3일마다 1편씩 무료

독자들이 작품의 유료 회차를 무료 대여권으로 읽으면, 그 다음부터는 일정 시간마다 무료 대여권을 1장씩 제공해 유료 회차를 계속해서 무료로 읽게 해주는 프로모션이다. 기다리는 시간은 작품에 따라 12시간~3일 등으로 차이가 있으며, 공통적으로 최신화(10~20화 전후)는 무료 대여권이 아닌 캐시로만 구매가 가능하다.

　12시간, 1일, 3일 등 다양한 시간대의 기다무 중, 1일마다 무료 대여권을 지급하는 '오리지널 기다무'가 가장 상위 프로모션이다. 앞서 설명한 삼다무 프로모션이 생기기 전까지는 오리지널 기다무가 카카오페이지 플랫폼 내의 최상위 프로모션이었다. 실제로 삼다무가 생기기전 오리지널 기다무로 런칭된 작품들이 삼다무 런칭 후삼다무로 일정 기간 바뀌기도 했다. 최상위 작품이 최상위 프로모션을 따라갔다고 볼 수 있다.

　기다리면 무료는 몇 년 동안 카카오페이지의 메인 프로모션이자 플랫폼 성장의 일등공신이었다. 그래서 삼다무를 '3시간짜리 기다무'로 생각하기도 한다. 이 또한틀린 말은 아니지만, 작가로서는 삼다무를 기다무와 별개의 프로모션이라고 생각하는 것이 좋다. 카카오페이지에서 삼다무 자체를 기다리면 무료와는 별개의 메인프로모션으로 밀고 있기 때문이다.

카카오웹소설(카웹소) :
완결까지 무료 연재

카카오웹소설은 일정 시간 간격을 두고 작품의 매 회차를 무료로 볼 수 있는 프로모션이다. 전체 회차가 완결까지 무료로 풀리고, 완결되면 기다리면 무료로 전환된다. 처음부터 기다리면 무료 프로모션을 받는 것은 아니지만, 완결 후 기다리면 무료로 전환될 확률이 높기 때문에 상위 프로모션에 속한다.

카카오웹소설은 네이버 시리즈의 '정식 연재'와 비슷하지만 현재까지는 원고료가 없다는 점에서 차이가 있다.

이전에는 카카오웹소설 런칭 후, 플랫폼 최상위 프로모션인 기다무로 전환되는 것이 큰 메리트였지만, 삼다무 프로모션이 생겨난 후로는 삼다무가 메인 프로모션이 되었기 때문에, 기다무로 전환되어도 최상위 프로모션으로의 전환은 아니게 된다.

또 봐도 또 봐도 무료(또또무) :
특정 기간 동안 무료 회차 + 기다무

이전 프로모션인 '기간 한정 무료'가 2023년 3월부터 이름이 바뀌며 세분화된 프로모션이다. 이전 기간 한정 무료는 '기간 한정, 기다리면 무료'의 개념으로 기다리면 무료에 더 가까운 프로모션이었다면, '또 봐도 또 봐도 무료'로 바뀐 후에는 네이버 시리즈의 타임딜과 카카오페이지의 기다무를 합친 형태의 프로모션이 되었다.

또 봐도 또 봐도 무료는 일정 기간 동안 독자들에게 20~30화 사이의 회차를 무료로 제공하고, 다시 일정 기간 동안 기다리면 무료 프로모션을 진행한다. 프로모션 진행 기간은 작품별로 다르다.

또 봐도 또 봐도 무료는 두 가지 버전으로 나뉜다. '일반 또 봐도 또 봐도 무료'인 '또또무'와 '단독 또 봐도 또 봐도 무료'인 '단또무'이다. 또또무는 세 작품을 한꺼번에 런칭하는 반면, 단또무는 단독으로 한 작품만 런칭하여 홍보해주는 차이점이 있다. 둘 중에서는 단또무를 더 상위 프로모션으로 볼 수 있다.

독점 연재(독연) :
무료 대여권 제공

'독점 연재'는 무료 회차 없이 독자들에게 신규 독자 혜택인 무료 대여권을 5장 제공한 후, 5화 이후는 유료로 결제하도록 유도하는 프로모션이다. 일주일간 독점 연재 카테고리에 작품을 올려 홍보해준다.

독점 연재는 카카오페이지의 가장 기본적인 유료 연재 프로모션이다. 런칭 후 매출이 높을 경우 카카오페이지의 제안으로 기다리면 무료로 전환되기도 한다.

카카오페이지 프로모션	내용	특징	기타
3시간마다 무료	3시간마다 1편씩 무료	현재 카카오페이지의 최상위 프로모션	일정 기간 이후 일반 기다무로 바뀌며 기다무 시간은 작품마다 상이함
기다리면 무료	12시간, 1일 혹은 며칠마다 1편씩 무료	1일마다 무료 이용권을 지급하는 오리지널 기다무가 상위 프로모션	삼다무와는 별개의 프로모션으로 생각하는 것이 합당함
카카오 웹소설	일정 날짜 간격을 두고 매 회차가 무료로 풀리는 프로모션	기다무 아래의 상위 프로모션	카카오페이지 프로모션 중에서는 상위 프로모션에 속했음
또 봐도 또 봐도 무료	일정 기간 동안 독자들에게 20~30화 사이의 무료 회차를 보여주고, 다시 일정 기간 동안 기다무 프로모션 진행	단독 또또무인 단또무와 일반 또또무인 또또무로 나뉨	단독 또또무가 일반 또또무보다 상위 프로모션
독점 연재	무료 회차 없이 독자들에게 신규 독자 혜택인 무료 대여권을 5장 제공한 후, 5화 이후 회차부터는 유료로 결제	카카오페이지의 가장 기본적인 유료 연재 프로모션	런칭 후 매출이 높다면 플랫폼의 제안이나 출판사의 제안으로 기다무 전환 가능

리디

리디의 유료 웹소설, 웹툰/만화, e북 플랫폼. 리디에서 단독 혹은 독점으로 런칭되는 다양한 장르의 작품이 있다. 리디는 '리디북스'라는 이름으로 e북 유통부터 시작해, 현재는 웹소설과 웹툰 등 연재 콘텐츠의 비중을 늘리고 있다. 리디는 연재 작품과 단행본 프로모션이 메인 화면에 순차적으로 나열되어 있어 프로모션 작품을 카테고리별로 확인하기 쉽다. '캐시'를 구매하면 이걸 사용해 작품을 볼 수 있다.

✦ **대표 프로모션 :** '리다무', '텐텐무'

리디 성공의
비밀

비밀 1_대표 키워드 :
판타지 빙의, 연예계, 회귀, 고수위

리디에서 성공하는 대표적인 키워드는 '판타지(무협물, 헌터물, 게임 속 세계, SF 등의 판타지 세계관) 빙의', '연예계', '회귀', '고수위'다. 독자로서 소설을 읽을 때 이런 소재가 끌리거나, 소설을 무료 플랫폼에서 연재할 때 이런 키워드를 넣은 작품의 반응이 좋았다면 리디를 공략해도 좋다. 리디의 흥행 키워드는 타 플랫폼보다 독자의 취향을 뚜렷하게 반영한다.

위 대표 키워드들이 리디에서 흥행하는 이유를 세부적으로 독자 연령층, 강세 장르와 전개, 콘텐츠 연령 등급 기준을 통해 알아보겠다.

비밀 2_독자 연령대 : 20대부터 60대까지 균등

리디는 독자 연령대가 매우 다양한 것이 특징이다. 굳이 공통점을 찾자면 '성인'이라고 할 수 있을 정도로, 20대부터 60대까지 다양한 연령대의 독자층이 섞여 있다. 물론 10대 독자도 있지만 성인 독자가 훨씬 더 많다. 타플랫폼도 각 연령대별 독자층이 모두 존재하지만 두드러진 연령층이 있는 반면, 리디는 각 연령대별 비율이 보다 균등하다.

최근 리디는 연령대가 어린 독자들의 파이를 늘리기 위해 여러 가지 변화를 주고 있다. 보다 가볍고 쉽게 즐길 수 있는 전개 위주의 소설을 많이 런칭하고, 이에 맞추어 19금 연령가가 주를 이뤘던 리디의 대표적인 프로모션, '리디 기다리면 무료'에 전체 연령가 작품을 런칭하고 있다.

비밀 3_강세 장르와 전개 :
로맨스+고수위와 높은 작품성

리디의 강세 장르는 고수위 로맨스다. 원래 리디는 다양한 장르의 19세 연령가 소설을 런칭하는 거의 유일한 플랫폼이었다. 현재는 네이버 시리즈와 카카오페이지에서도 다양한 장르의 19세 연령가 소설을 런칭하고 있지만, 그럼에도 불구하고 아직까지는 고수위 작품의 메인 플랫폼은 리디라고 할 수 있다.

물론 단순히 수위가 높기 때문에 유명한 것은 아니다. 리디에서 잘나가는 작품들은 수위가 높으면서도 다양한 장르와 전개를 허용하고, 작품성이 뛰어난 것이 특징이다.

더불어 리디는 톱3 플랫폼 중 '피폐물[9]' 키워드가 가장 인기 있는 곳이다. 흔히 '마라 맛[10]'이라고 표현하는 피폐물 작품이 매우 많다. 마라 맛의 정도에 따라 순한 맛, 매운맛으로 달라지겠지만, 리디 독자들은 타 플랫폼에 비해 주인공이 극한의 상황에서 정신적으로 피폐해지거나 '구르는 것[11]'을 잘 소화하는 편이다.

그렇다고 리디의 독자들이 자극적인 묘사만을 좋아하는 것은 결코 아니다. 리디 독자들은 작품성이 높고 완성도 있는 소설을 선호하며, 상대적으로 난해한 문장과 치밀한 전개, 긴 호흡에 익숙한 편이다. 따라서 작품성이 뛰어날 경우 콘텐츠 연령 등급과 관계없이 독자들 사이에서 엄청난 인기를 누리며 베스트셀러 순위에 오르곤 한다.

---

9   주인공이 고난을 겪으며 육체적으로나 정신적으로 피폐해지는 스토리.

10   피폐한 정도를 미각에 빗대어 피폐 수위가 높을수록 '매운맛'으로 표현하는데, 그중에서도 극도로 피폐한 작품을 매우 얼얼한 마라탕에 빗대어 마라 맛이라 표현한다.

11   주인공이 피폐한 상황을 맞닥뜨려 온몸으로 겪어내는 상황.

비밀 4_주인공의 특징 :
#키워드 상호 호환 #세계관 차용

리디의 주인공 키워드에는 특이점이 있다. 타 장르의
소재 및 그에 따른 주인공 키워드를 상호 호환해 사용한
다는 것이다.

타 장르에서 유행하는 세계관을 차용해 해당 장르에
접목시키거나, 타 장르에서 주로 사용되는 소재를 가져
와 소설의 전개 요소로 적용시키고는 한다. 그러면서도
모든 일반적인 로맨스 분야의 키워드 또한 자유롭게 사
용한다.

다만 '리디 기다리면 무료' 작품의 경우, 다양한 키워
드와 소재 중 리디에서 때마다 원하는 키워드가 뚜렷하
게 다르기 때문에 원고 심사를 넣었을 때 예상과 다른
결과를 받을 수도 있다.

비밀 5_콘텐츠 연령 등급 기준 :
19금 강세 + 단행본

리디는 19세 연령가 소설과 단행본을 주력으로 성장한 플랫폼이다. 리디 작품들은 수위가 높기로 유명한데, 장르를 불문하고 19세 연령가 작품을 가장 많이 런칭하는 플랫폼이 바로 리디다.

참고로 리디는 e북 유통으로 출발한 플랫폼답게 단행본 런칭이 활발하며, 단행본 매출이 타 플랫폼에 비해 압도적으로 높다. 실제로 타 플랫폼의 독자들도 단행본은 리디에서 사서 읽는다. 독자 입장에서는 리디에서 단행본 할인도 많이 하고, 플랫폼 가독성도 좋으며, 광고가 상대적으로 적다는 장점이 있기 때문이다.

이처럼 리디의 메인 작품 콘텐츠 연령 등급은 19세 연령가 소설이지만, 최근에는 전체 연령가와 15세 연령가도 활발히 런칭 중임을 알아두기 바란다.

리디 프로모션
100% 파헤치기

메인 프로모션,
리다무와 텐텐무

리디에는 '리디 기다리면 무료'인 '리다무'와 '텐텐무' 두 개의 프로모션이 있다. 리디는 타 플랫폼에 비해 단행본 런칭이 매우 활발하기 때문에 유료 연재 프로모션의 개수는 비교적 적은 편이다.

리디에서 가장 주목받는 프로모션은 유료 연재에 해당하는 리디 기다리면 무료다. 간단해 보이지만 헷갈리는 리다무와 텐텐무, 두 가지 프로모션의 핵심 정보를 직관적으로 비교할 수 있는 표와 함께 알려주려 한다.

리디 기다리면 무료(리다무) : 일정 시간마다 1편씩 무료 공개

독자들이 작품의 유료 회차를 무료 대여권으로 읽으면, 그 다음부터는 일정 시간마다 무료 대여권을 1장씩 제공해 유료 회차를 계속해서 무료로 읽게 해주는 프로모션이다.

기다리는 시간은 작품마다 3시간, 6시간, 12시간, 1일, 3일 등으로 거대 3사 플랫폼 중 가장 다양하며, 공통적으로 최신화(10화 전후)는 무료 대여권이 아닌 캐시로만 구매가 가능하다.

리디 기다리면 무료는 프로모션만 보면 카카오페이지의 기다리면 무료와 비슷하다. 리디 기다리면 무료 또한 1일을 기준으로 하면서 그 외 3시간, 6시간 등의 세분화된 프로모션이 있기 때문이다. 하지만 리디는 19세 연령가가 강세인 플랫폼인 만큼, 리디 기다리면 무료 작품에는 19세 연령가가 카카오페이지보다 많은 편이다.

리디 기다리면 무료는 두 개뿐인 리디의 프로모션 중 상위 프로모션이자 가장 실질적인 유료 연재 프로모션이다. 대부분의 유료 연재 작품이 리디 기다리면 무료로 런칭되기 때문이다.

10화, 10시간마다 무료(텐텐무) : 10화 무료 후 10시간마다 10화씩 무료

텐텐무는 리디의 가장 기본적인 유료 연재 프로모션으로 '10화 무료×10시간마다 무료×10화마다 포인트'를 축약한 말이다. 말 그대로 10화를 독자들에게 무료로 제공하고, 10시간마다 무료 회차를 제공하며, 10화마다 포인트를 적립해주는 방식이다. 특히 '10화마다 포인트'는 독자들이 10화를 읽고 리뷰를 쓰거나, 10화 단위의 회차를 유료로 결제할 때마다 포인트를 지급해주는 시스템이다.

리디 프로모션	내용	특징	기타
리디 기다리면 무료	6시간, 1일 등 일정 시간 혹은 일정 일마다 1편씩 무료	기본 리다무는 1일 기준	19세 연령가 및 전체 연령가 소설이 주를 이루며 유행 키워드는 유동적
텐텐무	10화 무료×10시간마다 무료×10화마다 포인트	리디의 기본 유료 연재 프로모션	'10화마다 포인트'는 독자들이 10화를 읽고 리뷰를 쓰거나 10화 단위 회차를 유료 소장한 독자에게 포인트를 지급하는 프로모션

매출 톱3 플랫폼 비교 분석

	네이버 시리즈	카카오페이지	리디
메인 장르	현대 로맨스	로맨스 판타지	로맨스+고수위와 작품성 있는 전개
키워드	#집착남 #후회남 #회귀 #계약 결혼 #임신 후 도망	#빙의 #회귀 #육아 #육아 빙의 #여주 메인 #주체적 여주 #키링남 #반듯남	#집착 남주 #절륜 남주 #유혹 여주 #짝사랑 여주
메인 독자 연령대	30대 이상의 높은 연령층	10대부터 20대 초반까지의 비교적 어린 연령층	10~60대까지 폭넓은 이용
전개 방향	아침 드라마 같은 전개, 깊은 감정선, 감정 위주의 서사	잦은 사건 중심, 톡톡 튀는 전개, 사이다 결말	고수위의 19금 강세, 다소 피폐하고 격한 전개, 개연성 및 작품성 중시
최상위 프로모션	단독 매열무	삼다무	리다무
상위 & 기본 프로모션	로판관 토요일 매열무, 금요일 매열무, 수요일 매열무, 타임딜	기다무, 카카오웹소설, 또또무, 독점연재	텐텐무

돈을 무한대로 아낄 수 있는
플랫폼 결제 꿀팁

일반적으로 사람들은 앱스토어에서 웹소설 플랫폼 앱을 다운받고, 앱 안에서 캐시와 쿠키를 결제한다. 이것을 인앱in app 결제라고 하는데, 인앱 결제는 구글 플레이와 애플 앱스토어의 정책으로 인해 수수료가 매우 높다. 따라서 웹소설 플랫폼에서는 수수료 비용을 상쇄하기 위해 100원 가치의 캐시와 쿠키를 20% 높인 가격인 120원에 판매한다. 인앱 결제를 하면 작품의 실제 가격과는 상관없이 20%나 비싸게 사게 되는 것이다. 유료 플랫폼인 네이버 시리즈, 카카오페이지, 리디와 무료 플랫폼인 조아라 모두 이에 해당된다.

이때 원래 가격인 100원으로 구매하려면 어떻게 해야 할까? 스마트폰 앱이 아닌 컴퓨터로 플랫폼 홈페이지에 들어가 캐시와 쿠키를 결제하면 된다. 그러면 원래 금액인 100원에 구매할 수 있다.

스마트폰 결제 시의 꿀팁이 있다면, 크롬, 웨일, 네이버 등의 앱을 통해 각 플랫폼 웹사이트로 들어가 결제하는 것이다. 이러면 컴퓨터를 켜지 않고도 인앱 결제 수수료 없이 구매가 가능하다.

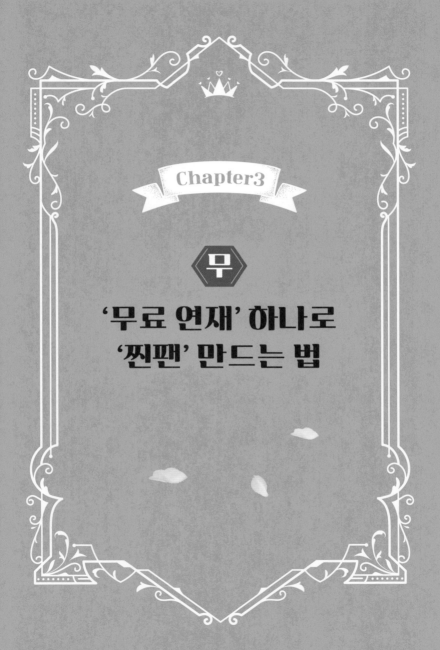

Chapter3

무

'무료 연재' 하나로
'찐팬' 만드는 법

무료 연재 플랫폼을
정하는 기준

소설 계약을 위한 첫 단계,
무료 연재

　무료 연재는 어디에서 시작해야 할까? 작가 지망생 중에는 글을 올리고 싶은데 어디에 올려야 하는지부터 난관에 부딪히는 사람들이 생각보다 많다. 이때 그저 무료 연재 플랫폼의 종류를 나열해 알려주는 것은 도움이 되지 않는다. 장르별로 메인이 되는 무료 연재 플랫폼이 각기 다르기 때문이다. 어떤 플랫폼에서 왜 특정 장르가 메인으로 꼽히는지, 어떻게 무료 연재를 시작해야 유리한지를 함께 알려주어야 바로 활용할 수 있는 고급 정보라 할 수 있다.

일단 계약 작가를 꿈꾼다면 무료 연재부터 경험해보는 게 좋다. 무료 연재는 본격적으로 상업 시장에 나가기 전, 작품의 대중성과 상업성을 확인할 수 있는 좋은 기회이기 때문이다. 많은 작가들이 무료 연재를 통해 컨택도 받고, 투고도 합격하며, 플랫폼 프로모션을 받는 작가로 거듭난다. 그런 의미에서 무료 연재는 계약 작가로 발돋움하는 첫걸음이라 할 수 있다.

무료 연재 플랫폼에서 연재를 하며 얻는 장점과 단점은 명확하다. 우선 장점은, 소설을 보는 비용이 무료이기 때문에 독자들의 반응과 댓글이 유료 플랫폼에 비해 상대적으로 후하다는 점이다. 따라서 작가가 자신의 취향대로 다양한 작품들을 시도해보며 독자들의 댓글과 반응을 확인할 수 있다.

그에 반해 단점은 계약이라는 목표가 있을 경우, 독자들이 아무리 후하게 평가해주더라도 연재 지표와 반응에 심한 부담을 느낄 수 있다는 점이다. 또한 독자 중 일부가 직설적이거나 불쾌한 댓글을 달아 작가들의 마음에 큰 상처를 남기기도 한다. 혼자 벽을 보고 연재한다면 이런 일들이 없겠지만, 모두가 볼 수 있는 플랫폼에 글을 올림으로 인해 생겨나는 장점과 단점이다.

무료 연재의 양대산맥, 네이버 웹소설과 조아라

무료 연재 플랫폼은 매우 다양하다. 조아라, 카카오페이지 스테이지, 네이버 웹소설, 블라이스 등 여러 군데가 있지만 그중에서도 장르별로 대표적인 무료 연재 플랫폼은 따로 있다.

네이버 웹소설은 현대 로맨스 장르의 대표적인 무료 연재 플랫폼이다. 사실상 거의 유일하다고 보면 된다. 앞서 네이버 시리즈 독자는 섬세하고 깊은 감정선의 현대 로맨스를 선호한다고 설명한 바 있다. 이와 연결되는 이야기인데, 시리즈 독자가 네이버 웹소설로 유입되거나 네이버 웹소설 독자가 시리즈로 유입되는 상호 작용이 존재한다. 독자가 겹치다 보니 두 유료, 무료 플랫폼 내에서 동일한 장르와 전개의 작품이 인기를 끄는 것이다.

조아라는 로맨스 판타지 분야의 대표적인 무료 연재 플랫폼이다. 조아라 또한 사실상 거의 유일한 로맨스 판타지 소설 등용문이라 할 수 있다. 왜냐하면 모든 무료 연재 플랫폼 중 조아라가 가장 많은 독자와 작가 풀을 갖추고 있기 때문이다.

조아라는 누구나 쉽게 웹소설을 올릴 수 있는 무료 연재 플랫폼으로, 현대 로맨스를 제외한 판타지 장르의 무료 작품이 많아 예전부터 유명했다. 2020년경부터 무료 연재 플랫폼이 하나둘 생겨나는 와중에 조아라만 제대로 홍보되지 않아 독자가 많이 줄어들긴 했으나, 그래도 아직까지는 로맨스 분야에서 작가들이 가장 활발하게 활동하는 곳이다.

무료 연재를 통해
반드시 얻어야 하는 3가지

작품 성공의 지표,
선호 작품 수

　무료 연재를 통해 반드시 얻어야 하는 중요한 세 가지가 있다. 선호 작품 수, 내 작품의 찐팬, 연재 감각이 그것이다. 그중 먼저 선호 작품 수에 대해 알아보자.

　선호 작품 수는 독자들이 작품을 계속해서 지켜보고 싶을 때 보관함에 넣기 위해 클릭하는 별표이다. 줄임말로 '선작 수' 혹은 '선작'이라고 하는데, 말 그대로 그 작품을 선호한다는 표시라고 생각하면 된다.

선호작으로 지정한 작품은 독자의 보관함에 담기기 때문에 최신 회차가 업데이트될 때마다 알림과 표시로 바로 확인할 수 있다. 따라서 선호 작품은 꾸준하게 독자가 유입되는 지표로서의 의미를 갖는다.

참고로 선호 작품 수라는 말은 조아라에서만 사용하는 단어다. 네이버 웹소설에서는 '관심 작품 수'라는 용어를 사용하고, 줄임말로는 '관작'이라고 하며, 체크가 들어 있는 동그라미 이미지로 표시된다. 같은 시스템에 대해 플랫폼별 사용 단어가 다른 것인데, 웹소설 업계에서는 선호 작품 수라는 용어를 지표의 기준으로 삼고 있다. 조아라를 등용문으로 삼는 작가의 수가 훨씬 더 많기도 하고, 더 오래된 단어이기 때문이다. 따라서 이 책에서도 조아라의 선호 작품 수로 통칭하였다.

선호 작품 수는 무료 연재의 핵심 지표로, 출판사의 컨택을 받거나 투고를 하거나 플랫폼의 프로모션을 심사받는 계약의 전체 과정에 활용된다. 다다익선이라 선호 작품 수가 많을수록 출판사 컨택 메일이 많이 오고, 투고 합격률이 높아지며, 플랫폼의 최상위 프로모션을 심사받을 가능성이 높아진다.

계약을 해본 작가들은 이 사실을 대부분 알고 있기 때문에 무료 연재를 할 때부터 선작 수를 높이기 위해 노력한다. 하지만 무작정 높이려 들면 어디서부터 어떻게 시작해야 할지 막막할 것이다. 이번 장에 랭킹 1위에 드는 소설의 공통점 3가지를 자세하게 분석해 누구든 쉽게 따라 할 수 있게 구성해두었으니 참고하기 바란다.

내 작품을 사랑해주는 찐팬

무료 연재로 반드시 얻어야 하는 중요한 3가지 중 두 번째는 바로 내 작품을 사랑해주는 '찐팬'이다.

✴ 작가님, 제가 진짜 사랑하는 작품이에요!!
드디어 출간이라니 너무너무 행복합니다~
손꼽아 기다렸어요! ♥
너무 재밌어요! 최고예요, 작가님.

더더더더 주세요! 너무 재밌다…!

첫 화 보고 너무 재밌어서 끝까지 봤어요!

정말 오랜만에 설레며 읽었어요ㅠㅠㅠㅠ

실제로 무료 연재를 할 때 받은 독자들의 댓글 중 일부다. 처음 연재를 시작할 때는 누가 내 글을 볼까 싶지만, 신기하게도 한 회차씩 올릴 때마다 선작과 조회 수가 올라간다. 그리고 어느 순간부터 댓글이 달리기 시작한다. 보통 용기 있는 첫 독자가 댓글을 쓰기 시작하면 그때부터는 매 회차마다 쭉쭉 댓글이 달린다.

내가 받았던 댓글은 대부분 '재밌다'였는데, 그중 가장 인상적이었던 댓글은 '작가님, 요즘 보는 글 중 최고예요! 눈 빠지게 기다리고 있어요!'였다. 댓글을 본 순간 광대가 승천하고 기쁨의 환호성을 질렀던 기억이 난다.

무료 연재 플랫폼에서 작품을 즐겁게 읽은 독자들의 상당수가 유료 연재 플랫폼으로 따라와 유료 연재 회차를 결제하고 댓글과 별점을 남긴다. 단행본으로 런칭하는 경우, 무료 연재를 통해 완결까지 보아 다 아는 내용일지라도, 독자들은 애정하는 작품을 소장하기 위해 구매하고 댓글을 남기고는 한다.

찐팬이 있는 작품을 런칭하는 것과 찐팬 없이 시작하는 런칭은 다소 차이가 날 수밖에 없다. 무료 연재를 통해 내 작품을 좋아하며 따라와 주는 찐팬을 만드는 과정이 필요한 이유다.

글을 쓰는 패턴과
연재 감각 익히기

매 회차 일정 분량의 소설을 쓰고 퇴고해 올리는 과정은 무료 연재든 유료 연재든 동일하다. 따라서 무료 연재를 경험하며 추후 유료 연재를 할 때 어떨지에 대한 감각을 익힐 수 있다. 이는 자신만의 글 쓰는 패턴을 확인할 수 있는 좋은 기회가 된다.

연재를 시작할 때는 누구나 의욕적이다. 하지만 그 의욕을 최종화까지 유지하는 작가는 드물다. 사실 거의 없다고 해도 과언이 아니다. 이야기를 적절히 배분하여 글을 쓰고 재미를 유지하며 꾸준히 글을 올리는 건 생각보다 어려운 일이기 때문이다.

글 쓰는 스타일에 따라, 처음에는 신이 나서 글이 길다가 중반 즈음부터 한 회차가 점점 짧아지거나 아예 작가가 사라지는 경우도 있고, 혹은 반대로 점점 글이 늘어지거나 복선을 수습하지 못하는 경우도 있다.

선호하는 분량에도 차이가 있다. 매 회차 분량을 나누어 쓰는 것이 재미있는지, 분량과 상관없이 쭉 써내려가는 것이 더 좋은지도 무료 연재를 통해 확인할 수 있다.

댓글에 대처하는 자기만의 스타일을 파악하는 과정도 필요하다. 매일 독자의 댓글을 모니터링하는 작가도 있지만, 좋은 댓글과 안 좋은 댓글 모두 부담으로 다가와 소통 없이 벽을 보고 쓰는 것을 선호하는 작가도 있다.

무료 연재를 통해 자신의 성향을 파악해두면 이후의 소설 집필 활동을 구체적으로 계획할 수 있다. 예를 들어, 회차별로 나누어 글을 쓰는 것이 편하다면 글을 쓰고 바로 업로드하면 된다. 또한 댓글에 영향을 많이 받는 타입이라면 미리 일정 분량을 쌓아놓고 연재를 시작하는 게 좋다. 그러면 댓글과 상관없이 기존에 써놓은 분량을 업로드할 수 있다.

이렇듯 무료 연재는 글을 쓰는 나만의 패턴을 익히고 미래의 유료 연재를 앞당겨 경험하며 대비할 수 있는 좋은 기회가 된다.

마이너 소설을
메이저 소설로 바꾸는 비밀

마이너를 메이저로 만드는
성공 코드

무료 연재를 시작했는데 예상보다 조회 수가 낮고 선호 작품 수가 적어 실망하는 경우가 있다. 그러나 반응이 없는 것에 너무 걱정할 필요는 없다. '주류로서 성공하는 코드'에서 살짝 벗어났을 뿐이다.

웹소설의 성공 코드는 무엇일까? 바로 '독자들이 읽고 싶은 이야기'를 쓰는 것이다. 독자들이 읽고 싶은 이야기는 앞서 설명한 유료 플랫폼 분석과 부록의 로맨스 키워드 모음집을 참고하면 답이 나온다.

소설을 처음 쓰기 시작할 때는 자신이 좋아하는 캐릭터와 소재, 플롯을 활용하고는 한다. 이런 소설을 업로드하면 대부분 평균 위아래 수준의 조회 수와 선호 작품 수가 나오지만, 간혹 '심해에 묻혔다'는 표현이 어울릴 만큼 조회 수도, 선호 작품 수도 안 나오는 작품이 있다. 여기까지는 모든 작가들이 가끔 혹은 종종 겪는 일이라 별다른 문젯거리가 아니다.

그런데 만약 연재를 시도한 모든 작품이 '심해작'이 된다면? 그때는 자신의 소설 취향이 마이너인지를 확인해야 하는 타이밍이 온 것이다.

다행히도 마이너 소설 또한 아주 약간의 트릭을 쓰면 메이저로 탈바꿈할 수 있다. 플랫폼을 분석하고 독자들이 좋아하는 적절한 키워드를 섞으면 된다.

이번에는 마이너 소설을 쓰는 3가지 케이스를 짚어보고, 플랫폼 분석과 메이저 키워드를 마이너 소설에 접목하는 방법을 설명하겠다.

마이너 소설을 쓰는 3가지 케이스

똑같은 마이너 소설이라도 잘 들여다보면 메이저에서 '어긋난' 이유가 조금씩 다르다. 이를 크게 분류하면 다음의 3가지로 나뉜다.

첫 번째, 메이저 키워드를 모르고 머릿속에 있는 글을 무작정 쓰는 케이스이다. 보통은 작가 지망생이나 신인 작가가 이에 해당될 때가 많다. 작가마다 소설을 쓰기 시작한 베이스가 다르므로 쓰고자 하는 장르에 대한 기본적 인식이 부족할 수 있다. 이럴 때는 앞서 소개한 유료 플랫폼의 메이저 키워드를 토대로 플랫폼을 둘러보며 해당 장르 트렌드를 빠르게 파악하고 적용시키려는 노력이 필요하다.

두 번째, 소설을 많이 써보지 않아 키워드를 잘 살리지 못하는 케이스이다. 이 경우 소설이 마이너라고 하기에는 애매할 때도 있지만, 둘 다 '심해작'이 된다는 공통점이 있으므로 함께 설명하겠다.

우선 자신이 잡은 키워드가 플랫폼의 메인 키워드인

지 확인해본다. 만약 유료 플랫폼에서 유행하는 키워드를 넣어 소설을 썼는데도 반응이 저조하다면 키워드를 전개하는 방식과 캐릭터를 확인해야 한다. 예를 들어 네이버 시리즈의 현대 로맨스 독자층을 타깃으로 하는데, 통통 튀는 가벼운 전개에 여러 가지 사건이 빠르게 펼쳐진다면 깊이 있는 감정선을 느끼고 싶은 독자들에게는 맞지 않는 소설이 된다. 여주나 남주 캐릭터도 중요하다. 능력 있는 여주 원톱 로판을 원하는 카카오페이지 독자들에게 지고지순하고 순종적인 여주를 내세우면 관심을 받기 어려울 것이다. 이처럼 키워드가 메이저인데도 마이너와 비슷한 결과가 나왔다면, 설정한 키워드에 맞는 전개와 캐릭터인지 점검해보기 바란다.

세 번째, 본인의 취향이 원래부터 마이너인 케이스다. 메이저 키워드를 너무 잘 아는데도 불구하고 작가로서는 마이너 키워드로 글을 쓸 때 가장 행복한 것이다. 자기만의 독특한 마이너 취향을 그대로 살려 글을 쓰고 싶다면 다른 무료 연재 플랫폼인 포스타입[1]을 추천한다.

---

1 postype.com 블로그형 웹소설 및 웹툰 연재 플랫폼. 다른 무료 웹소설 플랫폼들과 달리

포스타입은 조아라처럼 선호 작품 수로 비교되는 시스템이 아니기 때문에 보다 자유롭게 글을 쓸 수 있다. 또한 플랫폼 특성상 마이너 소설을 쓰더라도 같은 취향을 가진 독자를 만날 확률이 더 높아진다.

마이너 취향으로
메이저 소설을 쓰는 법

자신이 마이너 취향인 것을 잘 아는데도 꼭 메이저 소설을 쓰고 싶은 작가도 있을 것이다. 그렇다면 어떻게 해야 할까? 답은 메이저 소설의 '정의'에서 찾을 수 있다.

로맨스 장르의 메이저 소설이란 잘생기고 능력 있고 고귀한 배경의 남자 주인공이 아름답고 매력적인 여자 주인공과 서로 사랑에 빠져 문제를 해결하고 행복하게 살아가는 이야기이다. 이러한 메이저 서사가 유료 플랫

작가들이 자유롭게 창작 활동을 한다. 유명한 기성 작가, 특수 장르의 작가, 2차 창작을 즐기는 작가와 팬들이 주로 이용하며, 후원 기능이 있어 작가로서 수입도 얻을 수 있다.

폼으로 가면, 네이버 시리즈에서는 우리가 흔히 보는 아침 드라마 형태가 되고, 카카오페이지에서는 여자 주인공이 활약하는 사이다 형태가 되며, 리디에서는 피폐하거나 원색적인 형태로 나타나는 것이다.

각기 스타일은 다르지만 세 형태 모두 '멋진 남자 주인공과 아름다운 여자 주인공이 사랑으로 이어지는 전개'라는 공통점이 있다. 이것이 바로 메이저 소설의 핵심이다. 이 핵심을 기본 뼈대로 자신의 마이너 취향을 적당히 조절해 넣으면 마이너 감성을 유지하면서도 메이저 소설을 쓸 수 있다.

처음에는 '메이저 90% + 자기 취향 10%' 정도로 자신도 조금은 만족할 수 있는 소설을 쓰다가, 인지도가 생기고 시장에서 자리를 잡으면 마이너 취향이 더 도드라지는 글을 쓰면 된다.

랭킹 1위 소설의
3가지 공통점

잘나가는 소설의
1포인트 다른 전략

어느 분야든 1등을 하는 것은 어렵다. 무료 연재 플랫폼에서 랭킹 1위 소설이 되는 것 또한 어려운 일이다. 매일같이 수십 개의 작품이 쏟아지는 플랫폼 생태계 속에서 랭킹 1위가 되기 위해서는 1포인트라도 점수를 더 받을 수 있는 전략이 필요하다.

랭킹을 올리는 데 가장 중요한 3가지 요소는 바로 '키워드', '제목과 소개글', '표지'다. 이 3가지 요인의 공통점은 독자 유입에 지대한 영향을 미친다는 점이다.

키워드,
독자를 끌어당기는 핵심 요소

키워드는 그 작품의 대표적인 전개 소재라고 할 수 있다. 많은 작가들이 키워드에 대해 다음과 같은 고민을 한다.

"이런 키워드를 넣으면 독자들이 잘 볼까요?"

간단해 보이지만 광범위한 궁금증을 함축한 질문이다. 키워드는 넓은 범위의 전개 소재이므로, 세부적인 소재가 달라지더라도 키워드는 그대로 남아 전개를 이끌어가는 중심축이 된다. 따라서 쓰고자 하는 소설의 키워드를 어떻게 정하는지가 중요하다.

매일 업데이트되는 상위 랭킹 작품을 보면 독자들이 좋아할 수밖에 없는 소재들을 골라 썼음을 확인할 수 있다. 예를 들어 소꿉친구인 줄 알았는데 사랑에 빠지거나,

극한의 게임에 빙의해 문제를 해결하거나, 주인공의 아이를 임신해 도망가거나, 원작의 여주인공이 아닌 빙의한 조연에게 쏠리는 관심 등, 인기 있는 소재는 때에 따라 다르지만 앞의 예시 모두 언제 보아도 솔깃한 소재다. 이렇게 정한 소재는 확장된 키워드로 연결되어 독자의 유입을 늘린다.

키워드, 즉 전개 소재는 제목과 소개글, 더 나아가 소설의 내용을 결정한다. 따라서 상업 작품의 경우, 독자들이 보고 싶어하는 소재를 선정하고 이것을 제목과 소개글에 녹여내는 것이 중요하다.

제목과 소개글은
소설의 포장지

작품의 제목과 이를 간략하게 드러내는 소개글은 소설의 포장지에 비유할 수 있다. 독자들은 제목과 소개글에 자신이 좋아하는 키워드가 있는지부터 확인하고 소설을 클릭한다. 예를 들어 여자 주인공이 임신하고 도망

치는 소재를 좋아하는 독자의 경우, 관련된 제목을 발견하면 일단 소개글을 본 뒤 마음에 들면 1화를 클릭해 읽을 것이다.

많은 작가들이 제목과 소개글을 두고 다음과 같은 고민을 한다.

"제목을 짓는 게 너무 어려워요."

"제목과 소개글을 어떻게 수정해야 독자 유입이 늘어날까요?"

"소개글을 어떻게 써야 할지 모르겠어요!"

이 질문에 하나하나 천천히 답해보도록 하겠다. 우선 제목부터 살펴보자.

끌리는 제목을 짓는 3가지 방법

제목은 장르별로 다양한 양상을 띤다. 대표적으로 로맨스 판타지 소설은 제목을 문장형으로 짓는다. 제목에 메인 키워드를 넣고 전체 줄거리를 알 수 있는 문장을 만드는 것이다. 예를 들어 『북부 대공의 아이를 임신해 도망쳤다(예시용 가제)』처럼 제목만 보아도 핵심 전개를 알 수 있는 형태다.

여자 주인공의 이름으로 제목을 짓기도 한다. 이 경우, 여자 주인공이 굉장히 주체적인 성격이라 문제 해결의 핵심이 되어 활약하는 전개가 대부분이다. 카카오페이지의 로맨스 판타지 소설과 결이 맞는다고 볼 수 있다. 제목에서 전개가 드러나지 않는 경우에는 소개글에서 전개를 보여주며 유입을 이끌어낼 수 있다.

현대 로맨스 소설은 키워드가 그대로 제목이 되는 경우가 많다. 남자 주인공과 여자 주인공의 관계를 암시적으로 드러내는 키워드가 제목이 되거나, 남자 주인공과 여자 주인공의 개인적, 사회적 위치인 '아내, 남편, 비서, 부부' 등의 단어에 자극적인 키워드를 붙여 제목을 짓는다.

읽고 싶은
소개글을 쓰는 비밀

많은 작가들이 소개글을 어떻게 써야 할지 고민하고 어려워한다. 가장 쉽고 효과적인 방법은 소설의 하이라이트 부분을 적는 것이다. 초반부의 극적인 순간을 넣어도 되고, 소설의 핵심이라고 생각하는 부분을 써도 된다. 혹은 뒷부분 원고는 없지만 전개 과정상 후반부에 핵심이 되는 부분이 있다면 '그 부분'만 임의로 먼저 써서 소개글로 사용해도 된다.

소개글에 반드시 들어가야 할 내용은 여자 주인공과 남자 주인공에 대한 간략한 설명과 둘이 처한 상황, 그리고 극적인 전개와 그것이 어떻게 풀어질지에 대한 암시다. 앞서 정한 소재와 키워드가 이때 적절히 사용되어야 한다.

허구의 작품, 『북부 대공의 아이를 임신해 도망쳤다』를 예로 들어보자. 주인공은 북부 대공이 나오는 소설에 조연으로 빙의한다. 그런데 원작의 여자 주인공과 만나 사랑에 빠져야 할 북부 대공과 하룻밤을 보내게 되고,

그녀는 '다른 여자를 사랑하게 될 무섭지만 잘생긴 북부 대공'으로부터 도망친다. 자신을 곧 잊을 거라던 그녀의 예상과 달리 북부 대공은 사라진 그녀를 무섭게 찾아다닌다. 그리고 결정적인 순간 그녀를 발견한 북부 대공이 빙의한 여자 주인공을 잡아 극적인 대사를 날리는 것이다. 이렇게 소개글을 구성하면 독자들은 흥미를 느끼고 1화로 유입된다.

소개글에 핵심 키워드를 키워드 단위별로 나열해두는 것도 하나의 팁이다. 예를 들어, '집착 남주', '재벌 남주', '사이다 여주' 등을 묶어서 나열하면 된다. 이는 소설의 흐름과 전개 방향성을 보다 명확하게 알려주고, 소개글에 담기지 않은 키워드들도 확인할 수 있게 해준다.

다음은 북부 대공의 예시를 활용해 아주 가볍게 정리한 소개글이다. 웃음을 위해 끝에 반전을 넣었으니, 반전 부분은 재미로만 봐주길 바란다.

[로판] 북부 대공의 아이를 임신해 도망쳤다

✏ 로엘

원작 스토리에 맞추어 적당히 살아가려 했는데
북부 대공의 눈에 띄고 말았다.

"그대는 지금껏 봐온 여자들과 다르군."

황녀와 사랑에 빠져야 할 북부 대공이
자꾸만 내게 관심을 보이고,
결국 하룻밤을 보내는데…

…임신해버렸다.

눈앞에 안 보이면 나를 잊겠지 싶어서
미친 듯이 도망쳤다.

근데 잠깐만, 왜 자꾸 쫓아오는 거야?

* * *

"당신의 아이가 아니에요."

냉정하게 돌아서려 했지만 손목이 붙잡혔다.

"가지 마. 나를 모르겠어?"
"모를 리가 없잖아요. 이 제국에서 당신을 모르는 사람이 어디 있겠어요."
"그런 얘기가 아니잖아. 정말… 모르겠어, 나를?"

도무지 알 수 없는 얘기만 반복하는 그를 바라보다가 소스라치게 놀랐다.
아니, 당신도 빙의한 거였어?!

\# 대반전　쌍방빙의　임신도망　감금　계략남주　집착남주　능력녀
도주물　황녀님은도올뿐

1초 만에 독자를
사로잡는 표지

표지는 독자들의 눈을 단번에 사로잡는 유입의 하이라이트다. 표지에 이끌려 한 번이라도 더 클릭하는 게 유입에 유의미한 차이를 만들어낸다. 일단 표지에 끌려 들어오면 필연적으로 소개글을 보게 되는데, 이때 취향에 맞는 키워드가 있다면 곧바로 1화를 클릭할 것이다.

간혹 표지가 매우 눈에 띄는 경우에는 제목과 소재와는 별개로 표지만을 보기 위해 작품을 클릭하거나 선작을 누르기도 한다. 그만큼 웹소설에서 표지가 가지는 힘이 매우 크다. 그렇다면 어떻게 표지를 만들어야 할까?

나만의 표지를 디자인하는
3가지 방법

조아라에서는 많은 작가들이 주인공이 그려진 인물 일러스트 표지를 사용한다. 일러스트 표지를 사용하고 싶다면 전문 일러스트레이터에게 작업을 의뢰하면 된다. 트위터나 블로그를 검색하면 비용을 받고 작업하는 일러스트레이터를 찾을 수 있다. 이들에게 일정 비용을 주고 표지 일러스트를 의뢰하면 되는데, 이를 '커미션'이라고 한다.

커미션 비용은 상업용 일러스트 비용보다 저렴한 편이다. 일러스트 저작권이 작가가 아닌 일러스트레이터에게 있기 때문이다. 따라서 커미션 표지는 무료 연재(비상업용)에만 사용이 가능하다.

드문 경우지만, 커미션 없이도 일러스트를 받는 방법이 있다. 일러스트레이터들이 종종 오픈하는 무료 리퀘스트에 신청해 이미 그려진 그림을 받는 것이다. 본인이 원하는 대로 디테일하게 인물을 그려내지는 못하지만, 무료로 받을 수 있다는 장점 때문에 많은 작가들이 번개와 같은 속도로 무료 리퀘스트를 신청하고는 한다. 실제로 무료 리퀘스트에 성공하는 경우는 극소수이다.

커미션도 무료 리퀘스트도 부담스럽다면, 무료 이미지를 사용하는 방법도 있다. 작가들은 사실 이 방법을 가장 많이 사용하는데, 무료 이미지 공유 사이트인 핀터

레스트[2]나 픽사베이[3]에서 원하는 이미지를 찾는 것이다. 대부분 18세기 궁정 여인이나 웨딩드레스를 입은 여자, 명화 이미지를 사용한다.

자체적으로 디자인하고 싶다면 미리캔버스[4]를 통해 디자인 표지를 만드는 것도 가능하다.

장르별로 다른 표지 스타일

표지 스타일도 장르별로 약간의 차이가 있다.

우선 상업용 표지의 경우, 로맨스 판타지와 현대 로

---

2 pinterest.co.kr 이미지 기반의 소셜 미디어로 스타일별 분류가 세부적으로 되어 있다. 유용한 이미지를 많이 만날 수 있으나 저작권이 살아 있는 이미지가 많으므로 사용할 때 주의를 기울여야 한다.

3 pixabay.com 별도의 출처 표기 없이 등록된 이미지를 상업적 용도를 포함한 모든 목적으로 사용할 수 있도록 제공하는 무료 이미지 사이트.

4 miricanvas.com 무료로 여러 용도의 디자인 작품을 만들 수 있는 그래픽 툴. 여러 가지 탬플릿을 제공해 누구나 쉽게 디자인을 완성할 수 있다.

맨스 모두 인물이 나온 일러스트 표지를 사용한다. 이때 일러스트 표지는 출판사에서 전문 일러스트레이터에게 의뢰한 결과물이다.

계약 전의 무료 연재 작품은 플랫폼에 따라 스타일이 조금씩 다르다. 로맨스 판타지는 대부분 조아라에 연재하는데, 조아라에서는 등장인물이 나온 일러스트 표지나 명화 사진을 많이 사용한다.

현대 로맨스는 네이버 웹소설에서 주로 연재하는데, 네이버 웹소설에서 제공하는 기본 표지가 다양하고 예쁘기 때문에 대부분 플랫폼에서 제공하는 기본 표지를 사용한다.

작가로서 롱런하는
멘탈 관리법

다른 작가들에 대한 부러운 마음 관리하기

작가라면 누구나 마음속으로 은밀히 부러워하는 작가가 있다. 대상은 모두가 아는 유명 작가일 수도 있고 지인일 수도 있다. 유명 작가에 대한 마음은 동경과 부러움을 수반한 감정이지만, 막연한 대상을 향한 것이라 한편으로는 다루기 쉬운 면이 있다. 하지만 지인일 경우 직접적이고 실질적으로 비교되므로 마음을 다스리기 어려워진다. 특히 같은 장르의 작가라면 부러움이 최고조에 달한다.

부러운 마음이 사람이 아닌 작품 자체를 향할 때도 있다. 같은 스타일의 작품이 나보다 더 잘 쓴 것 같아 부러울 때도 있고, 나와 다른 스타일이지만 필력과 전개에 감탄할 때도 있다. 아주 가끔은 모르는 작가의 유명하지 않은 작품이 묘하게 신경을 건드려 무의식중에 비교하게 되기도 한다.

이런 마이너스 감정을 풀어내는 법은 작가마다 천차만별이다. 부러운 대상의 작품을 누구보다 열심히 소비하고 열성적인 후기를 올리며 소위 '덕질'하는 형태로 푸는 사람도 있고, 부러운 감정을 연료 삼아 열심히 글을 쓰고 출간하는 등, 긍정적이고 건설적인 방향으로 푸는 사람도 있다. 물론, 반대로 부정적으로 풀어내는 경우도 있다.

이때 꼭 기억해두어야 하는 것이 있다. 소설을 쓰는 시작점이 모두 다르다는 점이다. 누군가는 어릴 때부터 글을 썼을 것이고, 누군가는 성인이 되어서, 또 누군가는 나이가 어느 정도 든 상태에서 소설을 쓰기 시작했을 것이다. 시작점이 다르니 과정 중에 겪은 일도 각기 다르고 잘하는 것도 다르다.

부러움이 한 끗 차이로 질투와 비교가 되면 그때부터 우울해지고 슬럼프가 찾아온다. 부러운 마음을 인정하고, 그 대상과 작품에서 배울 점을 찾아 배우는 것이 결과적으로는 훨씬 더 낫다. 순간순간의 감정을 긍정적으로 풀며 꾸준히 소설을 써나가기 바란다.

소설 쓰기의 적, 부담감과 슬럼프 관리하기

부담감과 슬럼프는 작가라면 누구나 빈번하게 겪는 감정이다. 작품을 쓰다가 고착적인 상황에 빠질 때 주로 생겨나기 때문에, 그 상황에서 벗어나는 것이 해결 방법이 될 수 있다.

고착적인 상황에는 여러 가지가 있다. 예를 들어 매출에 과도하게 집중한 상태도 그중 하나다. 매출 압박 속에서 소설을 쓰면 소설보다 외부의 평가에 신경을 곤두세우게 되고, 일어나지 않은 결과를 염려하다가 글 쓰는 즐거움을 잃기 쉽다. 또한 다른 작가와의 비교가 극심해질 때도 마이너스 감정이 증폭되어 소설을 쓰는 데 영향을 미친다. 여러 작품을 계약한 경우에는 연속적인 마감과 엄청난 작업량 때문에 번아웃이 올 수도 있다.

매출에 과도하게 신경 쓰는 건 많은 작가들이 겪는 딜레마다. 소설에 집중하고 싶은 마음과 실제 필요한 생활비 사이의 간극 때문에 괴롭다면, 우선 생활비를 채우는 것도 하나의 방법이다. 이럴 때는 상황에 따라 주 몇 회의 간단한 아르바이트를 하는 것도 추천한다.

경제적인 부분이 해결되면, 그 다음에는 규칙적인 운동과 인간관계를 챙기는 것이 좋다. 정신적인 전환과 충전의 의미로도 운동은 매우 효과적이다. 거창하지 않아도 괜찮다. 규칙적인 산책만으로도 정신적인 부담감을 내려놓을 수 있다.

소설을 쓰느라 시간이 부족하겠지만, 그럼에도 종종 시간을 내어 주변 사람들을 만나고 인간관계를 유지하는 것이 좋다. 바쁘게 살다가 문득 주변을 둘러보았을 때 아무도 없으면 허탈감이 밀려들기 때문이다. 누군가와 대화하고 싶을 때, 사람들과 만나 어울리고 싶을 때, 함께할 수 있는 사람이 있는 것과 없는 것에는 큰 차이가 있다.

겸업 작가의 멘탈 관리

　직업을 가진 상태에서 소설을 쓰는 건 생각보다 어려운 일이다. 회사 업무만으로도 바쁜데 퇴근해도 쉬지를 못한다. 평일 쉬는 시간은 물론 주말까지 소설을 쓰는 게 일상이다. 당연히 훨씬 빨리 지칠 수밖에 없다.

　겸업으로 작가 활동 중이라면 직장을 다니는 시간과 글 쓰는 시간, 개인적인 시간과 취미 활동 시간을 꼭 나누어두기를 권한다. 적절히 균형 있게 스케줄을 짜는 것이 가장 좋지만, 마감이 급하거나 회사 일이 바쁘다면 일감을 마무리한 뒤 리프레시하는 시간을 반드시 갖도록 하자. 지친 상태에서 계속 끌고 가려고만 하면 더 힘들어지니, 짧게라도 푹 쉬는 기간을 갖는 게 좋다.

　만약 회사 일이 힘들어 어려움을 겪는다면 잠시 동안 집필 비율을 줄이는 것도 방법이다. 정해진 만큼의 소설을 써야 한다는 강박 때문에 심적으로나 체력적으로 힘든 와중에 집필을 강행하면 감정적으로 터지는 순간이 오기 마련이다. 추후 회사 업무에 여유가 생기는 때 소설을 더 많이 쓰면 된다.

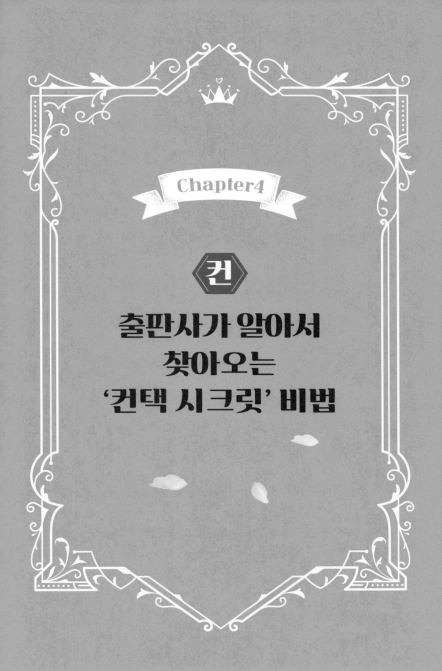

Chapter4

컨

출판사가 알아서
찾아오는
'컨택 시크릿' 비법

출판사 선인세
2배 더 받는 비밀

출판사 담당자의 픽^{pick},
선호 작품 수

　출판사에서 선인세를 제시할 때, 높은 확률로 선인세의 기준이 되는 것이 바로 무료 연재의 선호 작품 수다. 선호 작품 수가 높을수록 높은 선인세를 주는 이유는, 이것이 유료 플랫폼 프로모션 심사에 영향을 미치는 주요 지표이기 때문이다. 무료 연재 시 높은 선호 작품 수를 쌓아두면 출판사와 계약 시 더 높은 선인세를 받을 수 있다.

물론 선호 작품 수가 적더라도 유료 플랫폼의 최상위 프로모션에 심사를 넣어볼 수는 있고, 실제로 상위 프로모션을 받는 경우도 있다. 다만 일반적으로는 선호 작품 수가 일정 기준 이상이어야 상위 프로모션을 받기가 수월하다.

장르마다 다른
선인세 금액

로맨스 판타지의 경우, 조아라에서 고선작, 즉 높은 선호 작품 수라 하면 보통 5000 이상을 의미한다. 선호 작품 수가 점점 줄어드는 추세라 이것도 현재 시점 기준이지만, 선작 5000이 넘을 경우 최상위 프로모션이 될 가능성이 매우 높아진다. 예를 들어 선호 작품 수가 매우 많은 카카오페이지풍의 로맨스 판타지 소설이라면 출판사 계약과 동시에 카카오페이지의 최상위 프로모션인 삼다무 또한 확정임을 염두에 두고 진행하는 것이다.

물론 앞선 설명처럼 선호 작품 수가 현재 시점 기준 2000 이상만 되어도 최상위 프로모션에 심사를 넣어볼 수는 있다. 그러나 채택될 가능성은 상대적으로 낮은 편이다. 그래서 선호 작품 수가 적은 경우에는 심사를 넣더라도 최상위 프로모션이 아닌 그 외 프로모션을 기대하고는 한다.

현대 로맨스는 상대적으로 고선작의 기준점이 매우 낮은 편이다. 또한 네이버 웹소설 기준, 관심 작품 수가 매우 높지는 않더라도 출판사 담당자의 눈에 들면 컨택을 받고 계약하기도 한다. 현대 로맨스는 독자 풀이 적기 때문에 로맨스 판타지와 달리 관심 작품 수가 컨택의 절대적인 기준이 되지는 않는다. 또한 계약 시 선인세가 없는 경우도 많고, 작품마다 계약에 이르는 과정도 다양하다. 물론 현대 로맨스도 무료 연재 시점부터 인기가 많거나 특수한 경우에는 꽤 높은 금액의 선인세를 받고 계약하기도 한다.

나에게 딱 맞는
컨택 출판사를 고르는 7가지 기준

좋은 출판사를 고르는
가이드라인

컨택은 출판사에서 먼저 계약을 제안하는 것이므로 투고 후 긍정 답변을 받는 상황과 달리 계약할 출판사를 결정하는 데 상대적으로 여유가 있다. 그러므로 여러 출판사에서 컨택이 올 경우, 선인세 금액에 따라 움직이기보다 작가 개인의 선호도가 더 많이 반영되는 선택을 하기도 한다.

컨택을 통해 계약할 출판사를 고를 때, 작가들이 선호
하는 조건을 분류해보면 약 7가지 기준으로 나눌 수 있
다. 컨택 경험이 없거나 적은 작가들에게는 이 기준이
추후 출판사를 고르는 데 좋은 가이드라인이 될 것이다.

① 평소 좋아하는 작가의 작품을 출간한 출판사

평소 A작가의 작품을 무척 좋아했다면, A작가와 계약,
출간한 출판사와 작업하고 싶은 마음이 생길 것이다. 그
런데 마침, 해당 출판사에서 컨택이 온다면 계약서에 독
소 조항 없다는 가정하에, 다른 출판사의 컨택 조건(선
인세, 정산 비율, 표지 등)이 더 좋을지라도 좋아하는 작가의
책을 낸 출판사와 계약할 수 있다.

② 급하게 필요한 비용만큼의 선인세를 제시한 출판사

간혹 급전이 필요하거나 생활비로 일정 금액이 꼭 필
요할 때가 있다. 그때 출판사에서 제시한 선인세가 필요
한 금액과 일치한다면 다른 조건(정산 비율, 표지 등)이 더
좋은 출판사나 다른 이유로 선호했던 출판사보다 선인세
를 가장 높게 제시한 출판사를 선택할 수 있다.

③ 컨택 담당자의 스타일이 마음에 든 출판사

컨택 담당자의 작품 리뷰, 작업 방향 등의 업무 스타일과 인간적인 호감도에 따라 출판사를 결정하는 경우도 있다. 이때 추가로 주의해야 할 부분이 바로 컨택 쪽지와 메일의 타입이다.

컨택에는 크게 세 가지 타입이 있다. 정상적이고 상냥한 컨택, '흩날려라' 컨택, 무응답 혹은 취소 컨택이다.

첫 번째, 정상적이고 상냥한 컨택은 잘 구분해야 할 필요가 있다. 모든 컨택은 출판사에서 '먼저' 계약을 제안하는 것이므로 기본적으로 친절하고 상냥하다. 따라서 상냥하다고 덜컥 계약하기보다는 계약 조건을 확인한 뒤 결정하는 것이 좋다. 대부분의 담당자는 컨택을 제안할 때와 계약 이후의 태도가 동일하지만, 간혹 계약 직후에 태도가 변하거나 연락이 잘 되지 않는 담당자도 있다. 따라서 5장에 수록한 '계약 전 반드시 확인해야 할 필수 조건 10가지'를 참고하여 담당자에 대해 미리 파악해두어야 한다.

두 번째, '흩날려라' 컨택은 말 그대로 출판사에서 출간 작품 수를 쌓기 위해 아무 작품이나 걸리라는 식으로 컨택 쪽지와 메일을 보내는 타입이다. 이런 컨택은 메일 내용부터 매크로를 돌린 듯한 '범용형'이므로 쉽게 구분할 수 있다. 심지어 작품 속 주인공의 이름이 틀리거나 작품명이 틀리는 등의 실수가 종종 포함된다.

세 번째, 무응답 혹은 취소 컨택은 작가 쪽에서 계약을 진행하고 싶다는 의사를 밝히는 회신을 보냈음에도 이에 대해 답이 없거나 컨택을 취소하는 경우이다. 컨택은 취소하지 않는 것이 업계 관행이라는 것을 알아두면 도움이 될 것이다.

④ 원하는 표지를 지원해주는 출판사

로맨스 판타지와 현대 로맨스 소설을 유료로 연재할 때는 일러스트 표지가 기본이다. 유료 플랫폼은 표지에 따라 독자 유입 수가 크게 좌우되므로 대부분의 작가는 가장 매력적으로 그림을 그리는 일러스트레이터와 표지 작업을 진행하길 원한다.

본인이 원하는 특정 일러스트레이터가 있을 경우, 일러스트레이터 섭외 가능성에 따라 출판사를 결정할 수 있다. 예를 들어 내가 원하는 일러스트레이터와 작업할

수 있는 곳이 있다면, 다른 좋은 조건을 제시한 출판사
보다 해당 출판사를 선택할 수 있다.

⑤ 원하는 플랫폼 프로모션의 슬롯이 있거나 심사를 지원해주는 출판사

카카오페이지 삼다무에 들어가겠다는 목표로 무료 연
재 중, 다수의 출판사로부터 컨택을 받았다고 가정해보
자. 이때 컨택해 온 각 출판사에서는 그 작품으로 어느
플랫폼의 어떤 프로모션까지 노릴 수 있겠다는 예상치
나 목표가 있을 것이다. 이럴 경우, 작품을 네이버 시리
즈에 넣거나 리디에서 출간하자는 출판사가 있더라도
목표하고 있던 카카오페이지의 삼다무에 넣어보자고 제
안하는 출판사와 계약할 것이다.

다른 케이스로, 자신들의 출판사에 카카오페이지 삼
다무 슬롯이 있으니 계약하자고 컨택이 올 수도 있다.
이럴 때는 플랫폼 심사 없이 삼다무 런칭이 바로 가능
하므로 해당 출판사를 선택하기 쉽다. 참고로 여기서 슬
롯을 가진 출판사란, 유료 웹소설 플랫폼의 프로모션 중
일정 비율을 선점하고 있는 출판사를 뜻한다. 즉, 프로모

션 중 일정 개수를 반드시 그 출판사의 작품으로 선정하도록 우선권을 주는 것이다. 슬롯이 있는 출판사와 계약하면 출간까지의 과정이 매우 수월하고, 프로모션의 심사 결과를 기다리지 않아도 되기 때문에 작가들은 가능한 한 슬롯을 가진 출판사와 계약하기를 원한다.

⑥ 작가가 원하는 대로 출간 일정을 맞춰주는 출판사

작가의 개인 일정과 작업 양에 따라 출간 일정이 매우 중요한 경우가 있다. 이 경우 꼭 정해진 날에 출간을 해야 하기 때문에, 출간 일정을 자신에게 맞춰주는 출판사와 계약할 수 있다.

출간일이 중요한 이유는 여러 가지다. 예를 들어 무료 연재를 중단한 지 오래되면 독자들이 작품을 잊거나 유료 연재로 따라올 확률이 낮아질 수 있다. 이를 우려하여 최대한 빠른 출간 일정을 맞추려는 작가도 있을 것이다.

이렇게 작품별 출간 스케줄, 독자를 고려한 유료 연재 전환 시기, 개인적인 일정 등의 이유로 다른 것보다 출간 일정이 중요하다고 생각하는 작가는, 출간 기간을 무조건 맞춰주는 출판사를 선택할 확률이 높다.

⑦ 자체적인 시스템이 뛰어나거나 호기심을 유발하는 출판사

앞서 설명한 기준 외에도 출판사 평판, 원고 교정, 작품 리뷰, 정산 비율, 출판사 영업력, 담당자 성향 등이 출판사 선택의 기준이 되기도 한다. 이 기준은 출판사의 자체적인 능력을 보는 것인데, 흔히 대형 및 중대형으로 분류되는 출판사들이 여기에 속한다.

구체적인 사례로는, 내부 시스템이 잘 갖추어져 매출 추이를 작가가 바로 확인할 수 있는 출판사, 전반적으로 리뷰가 꼼꼼하고 자세한 출판사, 교정 교열이 깔끔하고 작가가 신경 쓸 것이 적은 출판사, 영업력이 좋아서 매출을 계속해서 일으켜주는 출판사 등이 있다.

아주 가끔은 매우 독특한 이유로 선택받는 출판사도 있다. 출판사 중 명절 선물인 김이 무척 맛있다고 소문난 출판사가 있는데, 같은 조건이라면 김에 대한 호기심으로 해당 출판사를 선택할 수도 있다.

일곱 번째 기준은 출판사에 대해 어느 정도 알고 있어야 선택할 수 있다. 만약 지망생이거나 신인 작가라 컨택해 온 출판사에 대해 잘 모른다면, 포털 사이트와 SNS 등에서 해당 출판사를 검색해보기 바란다. 지금까지 어떤 작품을 출간해왔는지, 그 작품을 어떤 플랫폼에 어떤 프로모션으로 런칭했는지를 보면 해당 출판사의 스타일을 파악할 수 있다.

출판사를 고르는 가이드라인은 매우 중요하다. 자신만의 기준에 부합하는 곳과 계약해야 후회 없이 즐겁게 작업할 수 있기 때문이다. 출판사는 출간까지 함께 달려야 하는 중요한 파트너이니, 위에서 설명한 기준을 가이드라인 삼아 본인에게 딱 맞는 출판사를 고르기 바란다.

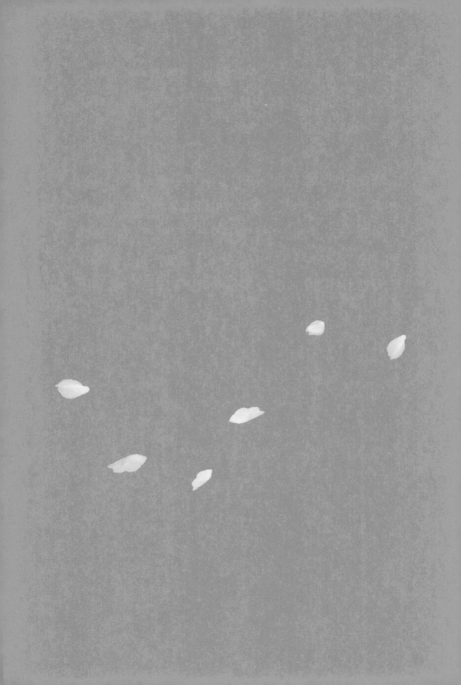

Chapter5

계약률 300% 올리는
'투고 시스템'

계약률 높은 투고 출판사를 찾는 2가지 방법

출판사의 작품 스타일 파악하기

투고할 출판사는 어떤 기준으로 골라야 할까? 바로 '내 작품의 스타일과 잘 맞는 플랫폼'에서 '상위 프로모션을 가장 많이 런칭한 출판사'를 골라야 한다. 이때 출판사를 파악하는 방법은 크게 둘로 나뉜다.

    ⊘ 첫째, 원하는 플랫폼의 상위 랭킹 작품을 출간한 출판사를 확인

한다.

☑ **둘째, 출판사 홈페이지에 방문해 기존 출간작을 확인한다.**

첫 번째 루트를 선택했다면 런칭을 희망하는 장르와 플랫폼부터 정한 다음, 플랫폼에서 상위 랭킹 1~30위 작품들의 출판사를 확인한다. 그 출판사들이 앞으로 해당 장르를 집필할 때 집중적으로 투고를 공략할 출판사이다.

두 번째 루트는 출판사에 대한 정보를 좀 알고 있거나 눈독 들이는 출판사가 있을 때 활용하기 좋다. 출판사 홈페이지에 들어가 출간 작품의 스타일을 파악하는 것인데, 기존 출간작을 런칭한 플랫폼과 프로모션을 확인하면 출판사가 선호하는 작품 스타일을 어느 정도 파악할 수 있다. 이 스타일이 자신의 작품과 비슷한지 여부를 확인하면 된다.

사실 두 번째 방법은 여러모로 '손품'을 팔아야 한다. 웹소설 출판계에 대해 어느 정도 기본 지식이 있어야 하고, 블로그와 트위터, 홈페이지를 넘나드는 출판사별 대표 사이트는 물론, 장르별 레이블까지 파악해두어야 한

이므로 정해진 형식이나 분량이 없다. 로그라인[1]을 늘린 것처럼 전체 줄거리를 짧게 요약해 한눈에 파악할 수 있도록 써도 되고, 작품 초반부의 내용을 원고에서 발췌해 넣어도 된다.

다만 소개글은 작품이 어떤 내용인지 맛보기로 알려주는 것이니, 소개글에 나온 등장인물과 전개가 작품 초반부에 잘 드러나는지 확인해야 한다.

무료 연재를 거친 작품으로 투고하는 경우에는 무료 연재 시 사용한 소개글을 그대로 복사해 넣어도 된다.

② 등장인물

등장인물의 외모와 성격, 주요 특징 위주
조연은 2~4명 + α

시놉시스의 등장인물은 출판사마다 요구하는 사항이

---

1 작품의 줄거리를 한 줄로 요약하여 설명한 문장.

다른데, 짧게는 2~3줄, 길게는 한 단락 정도다. 등장인물에 대한 출판사의 가이드라인이 있다면 그에 맞춰 작성하고, 자유 양식이라면 등장인물의 외모와 성격, 주요 특징 위주로 적으면 된다.

메인 주인공 외에 조연을 몇 명까지 적어야 하는지에 대해서도 많이 궁금해하는데, 2~4명 정도가 적당하다. 하지만 출판사 담당자가 원고를 볼 때 꼭 알아야 할 조연이 많다면 상황에 따라 조연 설명을 늘릴 수 있다.

③ 기승전결

기, 승, 전, 결

각각 400~800자 내외

주인공이 겪게 되는 중심 사건을 기승전결에 맞추어 요약한 것이다. 기승전결은 전체 흐름을 파악할 수 있도록 적고, 핵심적인 복선 위주로 전개해 흥미를 유발하면 된다.

기승전결에서 가장 궁금해하는 것은 분량인데, 기승

전결 각각의 분량은 작가마다 천차만별로 다르다. 기승전결의 분량을 균등하게 적는 작가도 있고, '기'에서 '승', '전'으로 이어지며 점진적으로 늘어나다가 '결'에서 '기'와 비슷한 분량으로 정리하는 작가도 있다. 혹은 '기', '승'이 가장 많고 '전'에서 위기가 해결되며 분량이 줄어드는 작가도 있다.

추천하는 분량은 기승전결 각각을 약 400~800자 내외에 맞춰 적는 것이다. 그렇게 하면 한글 파일 기준으로 짧게는 1~2장이 나오고, 길게는 3~4장이 나온다. 기승전결은 꼭 정해진 분량이나 글자 수 제한이 없기 때문에, 출판사에서 요구한 사항이 없다면 본인 스타일대로 채우면 된다.

그럼 구체적으로 어떻게 써야 할까? '기'는 그래도 쉽게 써지는 편이다. 도입부에 인물이 처할 상황과 감정 등이 정해져 있기 때문이다. 예를 들어 '회빙환[2]' 소재를 활용한 로맨스 판타지나, 비서물에 '몸정→맘정' 소재를

---

2 회귀, 빙의, 환생을 묶어 이르는 말. 로맨스 판타지 분야의 인기 소재이다.

활용한 현대 로맨스 작품이라면, 소재를 풀어내는 것만으로 '기'가 채워진다.

'승'과 '전'에 해당하는 소설 중반부에는 많은 사건이 일어나고, 등장인물의 상황이나 감정이 여기저기 얽혀 들어 간단하게 정리하기 어렵다. 연재 중에 투고하는 웹소설 업계의 특성상 아직 '승'과 '전' 부분을 집필하기 전인 작가가 대부분일 것이고, 작가의 집필 스타일에 따라 기승전결 내용이 수시로 바뀔 수도 있을 것이다. 이럴 때는 먼저 결말부를 정해놓고 그 사이를 이어가는 형식으로 '승'과 '전'을 쓰면, 보다 수월하게 채워넣을 수 있다.

전체 기승전결 작성 방법도 작가 스타일에 따라 달라진다. 계획적인 작가는 기승전결을 짜놓고 시작해야 글이 써지기 때문에 기승전결을 곧잘 쓰지만, 출판사 투고용으로 사용하기에는 너무 세밀하게 들어가는 경향이 있다. 이런 스타일이라면 깊게 들어간 내용을 덜어내는 작업이 필요하다.

반대로 즉흥적인 작가는 도입부와 설정 정도만 짜두고 바로 글쓰기에 들어가기 때문에 작가 스스로도 앞으로 무슨 전개가 나올지 모를 때가 많다. 그래서 기승전결을 쓸 때 중간 부분을 얼렁뚱땅 채우고는 한다. 이런 스타일이라면 '기', '승', '전', '결'의 연결 고리를 보완하는 작업이 필요하다.

여기까지 정리가 끝났으면, 작성한 내용을 다시 읽어보며 퇴고 과정을 거친다. 너무 디테일하게 들어가지는 않았는지, 너무 막연하게 쓰지는 않았는지 확인한다. 기승전결이 잘 읽히고 매력적이라면 담당자도 원고가 궁금해 바로 1화를 열어볼 것이다.

출판 담당자의 마음을 사로잡는 '투고 원고' 정리 비법

가장 핵심적인 사건을 활용하기

독자가 읽고 싶은 작품을 고를 때는 어떤 기준을 가지고 선택할까? 아무래도 초반부터 흥미로운 설정이나 전개가 이어지는 작품에 시선이 갈 것이다. 투고 원고를 검토하는 담당자도 같은 기준을 갖고 있다.

상업 작품들은 초반 회차 구성에 총력을 다하는데, 이는 유료 플랫폼에서의 매출과도 관련이 있다. 유료 연재 작품은 초반 무료 회차에서 독자들의 이목을 끌 수 있을 만큼 흥미로운 요소나 전개를 넣어야 매출이 오르기 때문이다. 매일같이 여러 작품을 훑어보는 담당자의 마음을 사로잡으려면 초반부 회차에 핵심적인 사건을 전개하며 작품의 매력 포인트를 적극적으로 어필해야 한다.

초반부 원고 구성

1. 흥미로운 설정과 전개

2. 가장 핵심이 되는 극적인 사건

기승전결 중 '승' 혹은 '전' 부분의 극적인 상황을 먼저 배치해 프롤로그를 만드는 것도 하나의 팁이다. 뒷이야기가 궁금할 만한 상황을 프롤로그로 만들어 초반부로 끌어오고, 1화에 핵심적인 사건을 전개하면 호기심이 증폭된다. 이후 퇴고 과정을 통해 전체적으로 문장을 매끄럽게 다듬어 가독성을 높이고 불필요한 문장은 없는지 다시 한번 살피며 전개를 정리한다.

투고 원고 분량은 출판사마다 다르지만 대략 10만 자 전후가 평균적이다. 결말까지 완벽하게 마무리된 원고를 요구하는 곳은 거의 없으니, 모든 이야기를 한꺼번에 다 쓰려고 무리할 필요는 없다. 투고할 출판사에서 요구하는 원고 분량을 확인하고 그 기준에 맞추어 최대한 흥미롭게 내용을 구성하면 된다.

참고로 출판사마다 요구하는 투고 양식을 잘 지키는 것이 원고에 앞서 챙겨야 할 가장 기본적인 태도이니, 출판사의 양식을 꼼꼼하게 확인하기 바란다.

계약 전 반드시 확인해야 할
필수 조건 10가지

물어보지 않으면
손해 보는 10가지 조건

출판사 투고 후 긍정 회신을 받으면 실질적인 계약 단계로 들어간다. 이때 계약을 고려하는 모든 출판사에 가계약서를 보내달라고 요청함과 동시에 계약 전 확인해야 할 필수 사항 10가지를 꼭 문의해야 한다.

이번에는 '추천하지 않는 출판사'에 대한 정보를 많이 담았는데, 실제로 이런 출판사가 아직까지 종종 있으니 조심하라는 뜻에서다. 작가 지망생이나 신인 작가가 불합리한 계약을 하지 않길 바라는 마음으로 되도록 상세히 적었다.

1. 계약 비율과 독점 기간이 어떻게 되나요?

계약 비율이란 매출에서 플랫폼 수수료를 제외한 금액을 출판사와 나누는 정산 비율을 말한다. 일반적으로 웹소설 업계에서는 7:3의 비율을 책정한다. 작가가 7, 출판사가 3이다. 작가에게 6을 제시하는 출판사와는 계약하지 않는 것을 추천한다.

독점 기간은 출판사에서 해당 작품에 대해 몇 년 동안 독점적 권리를 갖는지를 뜻한다. 장편은 평균 3년, 단편은 평균 1년이다. 간혹 장편 소설을 3년 이상으로 계약하자는 출판사가 있는데 이런 출판사와는 계약하지 않는 것을 추천한다.

2. 선인세는 얼마인가요?

선인세는 작품을 출간하기 전 출판사에서 작가에게 인세를 미리 지급하는 것으로, 금액은 작품에 따라 다르다. 선인세는 말 그대로 먼저 주는 인세이기 때문에 계약 체결과 동시에 지급받는 것이 업계 관행이다. 간혹 조건부로 완결 원고를 전달하면 선인세를 준다는 출판사가 있는데, 이런 곳과는 계약하지 않는 것을 추천한다.

3. 표지는 일러스트인가요, 디자인인가요?
표지 비용 상한선은 얼마인가요?

일반적으로 유료 연재는 일러스트, 단행본은 디자인 표지로 작업한다. 표지 비용의 상한선은 말 그대로 출판사에서 표지를 구입하는 데 얼마만큼의 돈을 지불할 것인지에 대한 문의이다. 표지 비용은 전적으로 출판사에서 부담한다. 표지 비용을 작가에게 부담하라는 출판사와는 계약하지 않는 것을 추천한다.

4. 출판사가 추천하는 프로모션 방향이 어떻게 되나요?

작품의 심사를 어느 플랫폼에 넣길 원하는지 출판사의 의중을 묻는다. 보통 작가 원고 스타일을 따라가기 때문에 예측 가능한 범위일 때가 많다.

5. 정산 시기는 언제인가요?

정산 시기란 매출이 작가의 통장에 입금되는 때를 말한다. 보통 익익월, 즉 2개월 후가 많다. 런칭이 1월이면 플랫폼에서는 1월에 생긴 매출을 2월에 출판사로 입금하고, 출판사는 3월에 작가에게 입금하는 구조. 간혹 익익익월, 즉 3개월 후 정산 조건을 제안하는 출판사가 있는데 그런 곳과는 계약하지 않는 것을 추천한다.

6. 리뷰와 교정 횟수는 어떻게 되나요?

리뷰는 편집 담당자가 작품을 읽고, 작품의 전반적인 전개와 설정 등, 원고에 대해 피드백을 주는 것을 말한다. 교정 교열은 작품의 비문을 바로잡고 매끄럽게 다듬는 과정으로, 회차에 따라 1교, 2교, 3교가 있다. 일반적으로는 2교가 기본이고, 출판사에 따라 3교까지 기본으로 봐주기도 한다.

7. 투고 긍정 답변을 주신 분이 담당자가 되나요? 아니면 메일 주신 분과 담당자분이 다른가요?

보통 투고 긍정 회신을 준 담당자가 그대로 작품의 담

당자가 되지만, 간혹 다른 경우도 있으니 확인해두는 게 좋다.

8. 담당자와는 주로 어떻게 소통하나요?

출판사 담당자마다 소통하는 방식이 다르다. 메일로 만 소통하는 경우가 있고, 전화나 카톡 등으로 연락하는 경우도 있다.

9. 담당자분의 연락 주기가 어떻게 되나요?

작가가 메일을 보내면 얼마 만에 확인이 가능한지에 대한 문의다. 계약 후 작품을 방치하는 경우도 있으므로 이를 방지하기 위해 미리 문의해두는 게 좋다.

10. 담당자분의 작품 피드백을 부탁드립니다.

작품에 대한 담당자의 의견을 묻는 것이다. 담당자는 작품에서 좋았던 포인트와 수정이 필요한 부분에 대해 회신할 것이다.

마지막 질문,
원장부 공개 여부

앞의 10가지 질문에 대한 답변을 받고 나면 계약하고 싶은 출판사가 어느 정도 추려질 것이다. 이때 계약을 앞두고 반드시 확인해야 할 마지막 조건이 있다. 바로 '원장부 공개 여부'다.

원장부는 해당 작품이 어떤 플랫폼에서 얼마만큼의 매출을 올렸는지 세부 내역을 기재한 정산서를 의미한다. 상식적으로 투명하게 정산하는 출판사라면 원장부 공개를 거부할 이유가 없다. 하지만 웹소설 출판 업계의 관행이라는 명목으로 대형과 중대형 출판사 중에서도 원장부를 공개하지 않는 출판사가 많다. 그러니 계약 전 원장부 공개 여부를 꼭 확인하기 바란다.

참고로 원장부 내역을 공개하는 시스템은 회사마다 다르다. 플랫폼 정산 화면을 캡처해 보내주거나 녹화 동영상을 찍어주는 형식이 일반적이나, 요즘은 자체 정산 시스템을 구축해 작가가 언제든 쉽게 본인의 정산 내역을 확인할 수 있게 해둔 출판사도 있다.

지금까지 설명한 계약 전 확인해야 할 필수 사항 10가지와 원장부 공개 여부 확인은 계약 후 내 작품을 어떻게 관리해줄 것인지 확인하는 절차다. 계약 전에 확실히 알고 계약하면 이후에도 별다른 문제없이 집필 활동을 이어갈 수 있을 것이다.

초보 작가가 반드시 물어보는
컨택 및 투고 Q&A 10

Q1 출판사 몇 곳에 작품을 투고했어요. 그중 한 출판사에서 긍정적인 연락을 받았는데 마침 제가 계약하고 싶었던 출판사입니다. 나머지 출판사의 회신을 기다려야 할까요? 아니면 지금 이 출판사와 바로 계약을 해도 될까요?

A1 투고한 출판사가 '워너비 출판사', 즉 평소 계약하고 싶었던 출판사라면 그대로 계약해도 좋다. 그러나 그게 아니라면 좀 더 기다려보기를 권한다. 이후에 워너비 출판사에서 예상치 못한 좋은 조건을 제시할 수도 있기 때문이다. 추후 원하는 출판사에서 긍정 회신을 받았는데 조건이 이상하거나 만족스럽지 않다면, 이전에 컨택받은 출판사와 계약하면 된다.

별개로 이렇게 호소하는 작가도 있다.

"저는 특별히 워너비 출판사는 없고, 그냥 조건이 제일 좋은 곳과 계약하고 싶어요. 투고한 지 2주가 지났는데 아직 답변이 없네요. 피가

마르는 기분이라 더 이상 기다리기 싫어요. 긍정 답변을 준 출판사와 지금 당장 계약하고 싶어요."

이 경우, 그럼에도 불구하고 마지막까지 기다리는 것을 추천한다. 조급하게 결정하면 계약한 뒤에 후회하는 경우가 많기 때문이다.

다른 출판사의 답변을 기다리는 동안 먼저 긍정적인 답변을 준 출판사에 "긍정적으로 검토해주셔서 감사합니다. 심사숙고한 뒤 회신 드리겠습니다."라고 답장을 보내면 된다. 대부분의 작가가 이렇게 답하기 때문에 출판사에서도 충분히 기다려준다.

Q2 계약하지 않을 컨택 메일에 답장을 보내야 할까요? 컨택과 투고 거절은 어떻게 해야 하나요?

A2 계약하지 않을 출판사라도 내게 긍정적인 회신을 준 곳에는 답장을 하는 것이 좋다. 일종의 비즈니스 매너라 볼 수 있다. 내 작품을 좋게 보고 계약을 제안한 출판사이니만큼 예의 있게 응대하는 것이다. 다음 작품에서 어떤 출판사와 작업하게 될지 모르므로 평판 관리 차원에서라도 부드럽게 마무리하는 것을 추천한다. "아쉽지만 이번 작품은 다른 출판사와 계약하게 되었습니다. 작품을 좋게 봐주셔서 감사드리며, 다음 기회에 좋은 인연으로 작업할 수 있기를 바랍니다."라는 식으로 답하면 된다.

Q3 무료 연재를 꼭 해야 하나요? 무료 연재를 하지 않은 미공개 원고로 투고하고 싶어요.

A3 되도록 무료 연재를 추천하지만 작가마다 성향이 다르므로 미공개 원고로 투고하는 것도 케이스에 따라서는 나쁘지 않다고 생각한다. 출판사에서는 원고만 좋으면 계약을 하자고 한다. 인지도가 쌓인 작가는 미공개 원고 상태로 바로 런칭하기도 한다.

그러나 작가 지망생 혹은 신인 작가라면 미공개 원고로 투고하기보다 무료 연재를 통해 인지도를 쌓아가기를 추천한다. 무료 연재로 어느 정도 성과를 내면 출판사와 계약 시 훨씬 유리한 조건으로 계약할 수 있기 때문이다. 무료 연재가 두렵다면 이 책의 2장과 3장에서 설명한 내용을 실천하면 된다. 가이드라인이 있다면 훨씬 쉽게 무료 연재에 도전할 수 있을 것이다.

Q4 무료 연재 중인데 선작이 낮아요. '투도'를 해도 될까요?

A4 조아라에는 작품이 20화 이상 쌓이면 '투데이 베스트[3]', 즉 '투베' 랭킹에 올라가는 시스템이 있다. 20화 이상 연재하여 투베 랭킹에 도전하는 것을 '투데이 베스트 도전', 줄여서 '투도'라고 한다.

---

3 무료 연재 플랫폼에서 매일 공개하는 그날의 분야별 인기작 랭킹.

작품 회차가 20화가 되는 순간, 모든 작품이 자동으로 투데이 베스트에 랭킹 도전작이 된다. 투데이 베스트 랭킹은 조회 수, 선호 작품 수, 추천 수가 각각 조아라 기준으로 환산되어 점수로 계산되고, 이 점수에 따라 순위가 매겨진다.

투데이 베스트에 도전할 때 작가들이 가장 신경 쓰는 것은 선호 작품 수이다. 랭킹에 들기 전에 선호 작품 수, 즉 '내 작품을 보는 독자'가 많아야 높은 점수를 얻을 수 있기 때문이다. 따라서 투데이 베스트에 도전하기 전, 선호 작품 수가 낮으면 도전을 망설이는 작가가 많다. 그러나 투데이 베스트 랭킹은 20화까지의 선호 작품 수에 완벽하게 비례하여 등수가 나오는 것이 아니다. 최대한 많은 선호 작품 수를 확보하면 물론 유리하지만, 70도 안 되는 선작으로 투데이 베스트에 도전해 2000이 넘는 선작을 모으는 경우도 있다. 물론 그 반대로 선호 작품 수가 높았는데도 불구하고 투데이 베스트 도전 후에 생각보다 랭킹이 낮은 경우도 있다.

그래서 '투까알', 즉 '투베는 까봐야 안다'라는 말이 있다. 선호 작품 수에 낙심하지 말고 일단 투데이 베스트에 도전해보자. 선호 작품 수와 관계없이 투데이 베스트 도전 후 컨택이 올 수도 있고, 투데이 베스트에 도전한 최종 선호 작품 수를 가지고 투고를 돌릴 수도 있다.

Q5 작품을 연재 중인데 컨택이 전혀 안 와요. 계약 작가가 될 수 있을까요?

A5 컨택이 오는 시기는 작품마다 다르다. 초반 회차만 연재했는데 컨택을 받는 경우도 있고, 20화를 채우고 투데이 베스트 도전을 한 뒤에 컨택을 받는 경우도 있다. 비율은 압도적으로 후자가 높으니 조금 여유를 가지고 기다리기 바란다. 설령 컨택이 오지 않더라도, 원고와 시놉시스를 준비해 투고하면 된다. 컨택이 오지 않은 원고를 투고한 뒤 계약이 성사되는 경우도 많다.

Q6 딱 한 군데의 출판사에서만 컨택이 오면 어떻게 하나요?

A6 유일하게 컨택이 온 출판사가 평소 가고 싶었던 곳이라면 바로 계약하면 된다. 왜 한 곳에서만 컨택이 왔는지 고민할 필요는 없다. 출판사에서 작품을 검토하는 담당자도 사람이기 때문에 원고 검토에는 담당자의 취향이 개입될 수밖에 없다. 이 경우, 작품이 해당 출판사 담당자의 취향에 맞았다는 의미다.

Q7 무료 연재 성적이 낮고, 컨택도 없고, 투고도 반려됐어요. 작품을 리메이크하는 건 어떨까요?

A7 투고가 모두 반려된 경우 리메이크를 추천하지 않는다. 그 작품을 다시 쓰기보다는 새로운 설정과 인물로 새 소설을 쓰는 것이 더 효율적이기 때문이다. 대부분은 그렇지만 경우에 따라서는 원고를 수정해 계약이 되는 케이스도 있다. 그러니 본인의 원고 상태를 객관적으로 파악하고 효율성을 고려해 결정하는 것을 추천한다.

Q8 다들 대형 출판사가 좋다는데, 대형이 아닌 출판사와 계약해도 될까요?

A8 대형 출판사는 그 나름대로의 장점이 있지만, 반드시 대형 출판사와 계약해야 하는 것은 아니다. 대형 출판사의 장점으로는 업무가 체계적이라 일처리가 깔끔하고, 출판사 주력 플랫폼 영업력이 뛰어나다는 점을 꼽을 수 있다. 여기서 영업력이란, 한 작품으로 10을 벌 수 있는 걸 출판사 역량으로 추가 프로모션을 받아 20을 버는 것을 의미한다. 그러나 대형 출판사는 작가에 따라 조건 차이가 크다는 단점도 존재한다. 매출이 높은 작가는 엄청난 선인세와 높은 정산 비율을 제시받지만, 그 외의 작가들은 도리어 중대형이나 중형을 가는 게 나을 정도로 조건이 짠 경우가 종종 있다. 또한, 해당 출판사에서

특별하게 주목하는 작품이 아니거나 플랫폼 심사에서 하위 프로모션을 받을 경우, 작품에 대한 담당자의 관심과 애정이 적어지는 경우가 많다. 이렇게 장단점이 확실하기 때문에 출판사의 규모보다는 내 작품을 잘 관리해줄 수 있는 곳과 계약을 하는 것이 가장 좋다.

Q9 계약 조건을 물어보거나 원하는 조건을 말하기 어려워요.

A9 출판 담당자는 비즈니스 상대다. 겸업하는 작가들이 회사에서 일을 하듯, 출판 담당자도 회사에서 일을 하는 것이다. 작가는 작품의 원작자로서 출간할 작품을 제공하고, 출판사는 작가의 작품을 교정해 플랫폼에 판매함으로써 이윤을 얻는다. 서로가 비즈니스 상대이니 당당하게 문의 사항이나 조율할 사항들을 말하기 바란다.

Q10 글을 쓰다가 막힐 때는 어떻게 해야 할까요?

A10 어떤 문장을 써야 할지 생각이 나지 않는다면 뇌를 환기시키는 게 좋다. 연속된 집필과 퇴고로 뇌가 과부화된 상태라면 머리를 비우고 독자로서 작품을 즐기는 것도 좋은 방법이다. 소설뿐만 아니라 영화, 드라마, 노래 등으로 범위를 넓혀 트렌드를 살피는 것도 생각을 전환하는 데 도움이 된다. 어느 정도 뇌가 휴식을 취하면 새롭게 전개를 구상하고 소설을 이어갈 에너지가 생길 것이다.

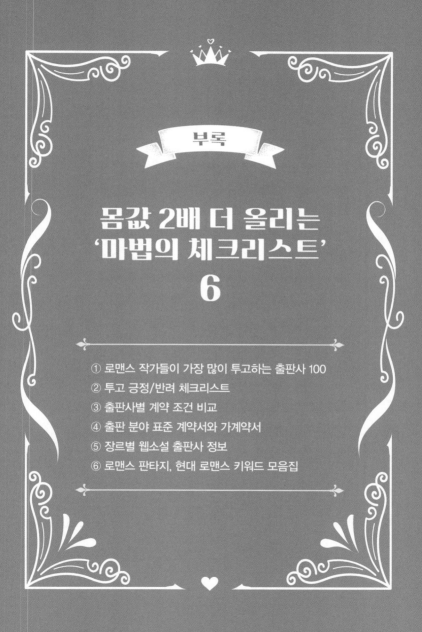

부록

몸값 2배 더 올리는 '마법의 체크리스트' 6

① 로맨스 작가들이 가장 많이 투고하는 출판사 100
② 투고 긍정/반려 체크리스트
③ 출판사별 계약 조건 비교
④ 출판 분야 표준 계약서와 가계약서
⑤ 장르별 웹소설 출판사 정보
⑥ 로맨스 판타지, 현대 로맨스 키워드 모음집

'마법의 체크리스트' 6종은 여성향 작가들이 가장 많이 투고하는 출판사 100개 리스트부터 투고 결과 정리표, 출판사 계약 조건 비교, 독소 조항을 피하는 표준 계약서 대조법, 모든 장르별 웹소설 출판사 정보, 로맨스 판타지와 현대 로맨스 키워드 모음집까지, 투고의 전체 과정을 한 흐름으로 자동화한 리스트다.

처음 투고를 할 때 생각보다 정보를 찾기 어려워 헤맸던 기억이 있다. 투고 메일과 조건을 일일이 찾아 시놉시스를 만들고, 투고 결과를 정리하는 데에도 오랜 시간이 걸렸다. 대강 하다 보면 될 거라는 예상과 달리, 투고는 치열한 정보 싸움이었다. 이런 상태라면 앞으로도 많은 시간을 투고에 할애해야 한다는 위기감에, 보다 빠르고 정확하게 흐름을 파악하기 위한 체크리스트를 만들게 되었다. 계약 과정을 직접 경험하며 구체화한 이 자료가 많은 작가들에게 도움이 되었으면 하는 마음에 공개한다.

로맨스 작가들이
가장 많이 투고하는 출판사 100

로맨스 분야 출판사 100군데의 홈페이지, 투고 기간, 투고 양식, 투고 메일, 장르별 레이블 등 세부 설명을 한눈에 확인할 수 있는 체크리스트다. 이 정보를 활용하면 하루 종일 걸리는 투고를 금세 끝낼 수 있다.

우선 시놉시스와 원고를 준비한 뒤 출판사 홈페이지에서 투고 일정과 투고 양식이 변경되지 않았는지 확인한다. 변동 사항이 없다면 준비한 원고와 시놉시스를 이메일로 첨부해 보내면 된다.

출판사 자체 시놉시스 양식을 요구하는 경우에도 해

당 양식에 맞춰 한 번만 써놓으면 추후 다른 출판사 양식에 '복사-붙여넣기'가 가능하다. 출판사별 세부 포맷이 다를 뿐, 결국 필요한 내용은 소개글, 등장인물, 기승전결이기 때문이다.

출판사 레이블 투고 방법

장르별 레이블이란, 출판사에서 장르별로 브랜드를 따로 만들어 출간하는 것을 말한다. 예를 들어 '미로틱'이라는 출판사가 있고 미로틱의 로맨스 판타지 레이블이 '록시'라면, 미로틱 출판사에서 출간하는 로맨스 판타지 소설은 전부 록시라는 출판사 이름을 달고 나온다. 만약 미로틱에 로맨스 판타지 소설을 투고한다면, 출판사 이름 부분(표지 구석과 인쇄 정보란)에 미로틱이 아니라 로맨스 판타지 장르 레이블인 록시를 기입해야 한다.

리스트에는 출판사별 대표 로맨스 레이블을 기록해두었으나, 처음 접할 경우 장르별 레이블이 헷갈릴 수 있다. 그럴 때는 출판사 홈페이지에 들어가 레이블을 확인해보자. 그러면서 자연스럽게 해당 출판사에서 런칭한 작품들도 확인하고, 출판사가 원하는 장르별 성향도 파악하는 것이다.

출판사 장르별 레이블 투고 유형은 크게 세 가지로 나뉜다.

첫째, 장르 구분 없이 모든 소설을 한 레이블(이 경우 보통 출판사명을 그대로 사용)로 묶어 하나의 메일로 투고받는 경우다. 가장 투고가 쉽고 헷갈리지 않는다.

둘째, 현대 로맨스와 로맨스 판타지를 '로맨스 레이블' 하나로 묶어 동일한 메일로 투고받는 경우다. 로맨스 장르만 투고하는 작가라면 헷갈리지 않고 투고할 수 있다.

셋째, 현대 로맨스와 로맨스 판타지 각각의 레이블이 존재하고, 메일 투고도 각각의 메일 주소로 따로 받는 경우다. 이때는 각 레이블의 투고 양식과 조건이 달라지기 때문에 투고 전에 해당 정보를 꼼꼼하게 확인해야 한다.

- 로맨스 작가들이 가장 많이 투고한 출판사 100은 이 책의 발행일을 기준으로 한 정보이다.

- 생생한 감각을 위해 출판사 홈페이지에 게재된 투고 조건을 가감 없이 그대로 실었다. 따라서 출판사별 문구가 각기 다르다.

- 투고 기간과 조건, 양식은 수시로 달라지므로 투고 전 반드시 홈페이지를 확인해야 한다.

- 체크리스트는 가나다순이다.

가람미디어허브(에클라)

✉ eclat@garammediahub.com

🏠 blog.naver.com/garammediahub

- 로맨스, 로판
- 시놉시스(주요 인물 소개, 기승전결 줄거리 포함)와 공백 포함 5만 자 이상 원고

가하

✉ webmaster@gahabooks.com

🏠 www.ixbook.co.kr

- 장편 : 10만 자 이상(공백 포함, 연재 기준 20화 분량)
- 중/단편 : 5만 자 이상(공백 포함, 연재 기준 10화 분량)
- 기승전결이 담긴 시놉시스
- 미완일 경우 완결까지의 예상 분량
- 필명 및 연재 여부 등이 포함된 작가 정보

고렘팩토리

✉ ssameone2@naver.com

🏠 twitter.com/romanticgolem

- 로맨스, 로판
- 소설 공백 포함 5만 자 분량의 원고&시놉시스

교보문고(마담드디키)

- ✉ tocsoda.no2@gmail.com
- 🏠 twitter.com/MADAMDE_DK
- · 로맨스, 로판
- · 메일 제목 : 분야/소설 제목/필명
  필수

구디스튜디오(블루밍)

- ✉ goody.novel@gmail.com
- 🏠 twitter.com/goody_novel
- · 로맨스/로판

그래출판
(그래출판, 체온, SURE, 티엔느)

- ✉ grae_edit@ynkmedia.com
- 🏠 blog.naver.com/graebooks
- · 로맨스, 로판
- · 작품 원고(최소 5만 자 이상), 시놉
  시스(그래출판 투고 양식)

글빛는이야기꾼

- ✉ novel@geulggun.com
- 🏠 blog.naver.com/geulggun
- · 로맨스(현로/동로/현로19), 로맨스
  판타지
- · 투고 양식(시놉시스)을 다운받아

작성 후 원고 5~10화 분량 각 화
당 4500자 내외(공백 포함).
- · 시놉시스와 원고는 위 글꾼 투고
  양식 하나로 작성해서 보내주세요.
- · 파일명은 "장르_작품명_필명(이
  름)"의 형식으로 기재해주세요.

누온미디어
(메어리로즈, 디어노블, 튜베로즈)

- ✉ dl_nuon@nuonmedia.co.kr
- 🏠 blog.naver.com/nuonmedia
- · 로맨스, 로판
- · 기승전결이 포함된 시놉시스 및
  원고 일부(공미포 5만 자 이상)

늘겨울 미디어

- ✉ neulwinter@gmail.com
- 🏠 twitter.com/neulwinter
- · 로맨스, 로판
- · 공미포 1만 자 이상의 원고
- · 초단편 전문 출판사

늘솔

- ✉ alwaysole@naver.com
- 🏠 blog.naver.com/alwaysole
- · 로맨스, 로판

- 원고 전체본, 여의치 않으시면 2/3 분량도 괜찮습니다.

다산북스(블라썸)

✉ ebook@dasanbooks.com
🏠 blog.naver.com/dasandigital

- 로맨스, 로판
- 접수하실 때에는 아래의 정보를 함께 써주십시오.
  저자 정보 : 이름, 필명, 연락처, 이메일, 주제, 분야, 간단한 이력
  미성년자 여부
- 분량은 연재 기준 10화(각화 공백 포함 5,500~6,000자) 이상
- 미완성 원고의 경우 완결까지의 시놉시스를 함께 보내주시기 바랍니다.

다소다미디어

✉ dasoda@dasodamedia.com
🏠 twitter.com/dasodamedia

- 로맨스, 로판

다온 크리에이티브
(피앙세, 레드베릴)

✉ daon_novel@daoncreative.com

🏠 blog.naver.com/daonnovel

- 성인 로맨스, 로판
- 자체 양식에 따라 최소 10화(공백 포함 4만 자) 분량의 원고와 결말 및 전체 줄거리를 포함한 시놉시스

대원씨아이 로맨스
(라렌느, 폴라리스, 플로레뜨)

✉ dw_romance@dwci.co.kr
🏠 blog.naver.com/dw_romance

- 필수 기입 정보
  작품명 | 작가명 | 장르 | 연락처
  (메일과 원고 첫 페이지에 적어주세요.)

라렌느

- 로맨스 판타지
- 작품 전체 분량: 15만~150만 자
- 투고 권장 분량: 완고 | 장편일 경우 5만 자 이상 +시놉시스

폴라리스

- 로맨스
- 작품 전체 분량: 10만 자 이상
- 투고 권장 분량: 완고(미완고의 경우 전체의 2/3 이상) | 장편일 경우 5만 자 이상 +시놉시스

플로레뜨

- 고수위 로맨스
- 작품 전체 분량: 10만 자 이상
- 투고 권장 분량: 완고(미완고의 경우 전체의 2/3 이상)

데일리북스

✉ dbooks_edit@naver.com
🏠 dailybooks.kr

- 로맨스, 로판
- 투고 양식서(홈페이지의 양식서를 다운받아 작성해주세요.)
- 원고(공백 포함 10만 자 이상 / 별도 첨부)
- 시놉시스
- 투고 양식 파일명과 메일 제목은 '분야_작가명_작품명' 순으로 표기하여 주시기 바랍니다(분야 예시: 판타지, 무협, 로맨스, 로판, BL 등).

도서출판 레토

✉ leto_books@naver.com
🏠 blog.naver.com/leto_books

- 로맨스, 로판
- 첨부 파일을 참고하여 양식에 맞게 작성 부탁드립니다.

투고 메일에는 시놉시스와 한글 파일 원고 첨부 부탁드립니다.
공백 포함 3만 자 이상(현대 로맨스, 로맨스 판타지)

- 투고 기간 확인(유동적)

도서출판 별솔(별다름)

✉ bs_romance@naver.com
🏠 blog.naver.com/bs_romance

- 로맨스

별솔(중장편)

- 연재 50화~(회당 공백포함 5000자 내외)
- 단행본 10만 자 이상(공백 미포함)
- 작품 시놉시스, 10화 분량의 글 [별솔/장르] 작품 제목_작가 이름 : 메일 제목은 꼭 통일해주세요.

별다름(단편)

- 2~4만 자(공백 포함)
- 별다름의 경우, 기존 별다름 작품을 참고하시고 투고해주세요. 씬으로만 버무린 글, 씬이 중심이 되는 글 등은 별다름의 방향성과 맞지 않습니다. 투고 시 이 점을

참고해주세요.

- 작품 시놉시스, 전체 분량의 글
  [별다름/장르] 작품 제목_작가이
  름: 메일 제목은 꼭 통일해주세요.

도서출판 빨간책

✉ the_redbook@naver.com
🏠 blog.naver.com/the_redbook

- 성인 로맨스
- 투고 조건: 기본적으로 완결된 작
  품을 받습니다. 하지만 그 분량이
  1권을 초과하는 경우, 최소 분량인
  15만 자 이상이시면 투고가 가능
  합니다.
- 투고 양식: 투고 시, 원고와 시놉
  시스를 첨부해주시기 바랍니다.
  둘 중 하나가 누락되면 저희가 답
  변을 드리기가 어렵습니다.

도서출판 쉼표/스마트빅

(셀레나, 레드립)

✉ 홈페이지 투고 폼
🏠 blog.naver.com/smart_big

도서출판 쉼표

- 현대 로맨스

- 자사 시놉시스
- 공백 포함 4만 자 이상의 원고(10
  화 분량)

셀레나 / 레드립

- 로맨스 판타지, 동양 로맨스, 고수
  위 단행본
- 자사 시놉시스
- 로맨스 판타지/동양 로맨스 : 공백
  포함 4만 자 이상의 원고(10화 분량)
- 단행본: 공백 미포함 5만 자 이상
  의 원고
- 초단편: 완결고 접수

도서출판 연필

✉ pencil@bookhb.com
🏠 blog.naver.com/bookhb

- 로맨스, 로판
- 연재 기준 10화 또는 글자 수 기준
  공백 포함 5만 자 내외
- 메일과 파일 제목 말머리에 '[장르
  명]작품명' 기재를 부탁드립니다.
- 저자 소개, 기획 의도, 연령가 등
  작품 관련 정보를 함께 주시면 검
  토에 도움이 됩니다.

동아(제로노블, 문릿노블, 인피니티)

- ✉ bear6370@hanmail.net
- 🏠 blog.naver.com/lion6370
- · 로맨스/로판

디앤씨미디어(디앤씨북스, 잇북)

- ✉ 홈페이지 투고 폼
- 🏠 blog.naver.com/dncbooks
- · 로맨스, 로판
- · 이야기의 기/승/전/결 및 캐릭터 소개가 포함된 시놉시스와 최소 5만 자에서 10만 자 내외의 원고

디엘미디어(앰버)

- ✉ connect@dlmedia.kr
- 🏠 blog.naver.com/dl_media
- · 로맨스, 로판
- · 필명과 출간한 경험이 있으시다면 작품명까지 기재해주세요.
- · 연락을 받으실 전화번호, 이메일 주소를 포함해주세요.
- · 원고를 보내주실 때, 간략한 시놉시스도 보내주시면 더욱 세밀한 검토가 가능합니다.
- · 투고의 분량은 6만 자 이상입니다. 공백 포함, A4 50매 분량. 연재 10~12화 분량.

디씨씨이엔티(말랑)

- ✉ dcc_novel@dcckor.com
- 🏠 blog.naver.com/dcc_content
- · 로맨스, 로판
- · 자사 시놉시스 양식과 5화 분량의 원고
- · 시놉시스 양식 중 줄거리의 경우, 반드시 기승전결 포함

딜라이트북스

- ✉ delight_books@naver.com
- 🏠 blog.naver.com/delight_books
- · 로맨스, 로판
- · 투고 시 제목은 [투고] 작가명/작품명으로만 기입해주세요. 제목 양식이 지켜지지 않을 경우 별도의 회신을 드리지 않으니 메일 발송 전 반드시 확인 부탁드립니다.
- · 꼭 첨부된 시놉시스 양식에 맞춰 작성 후 공백 포함 기준 4~5만 자가량의 원고와 함께 메일로 보내주세요. 반드시 하나의 파일에 시놉시스와 원고가 모두 들어가 있어야 합니다.

- 투고 기간 확인(유동적)

라온E&M(Arete)

- ✉ editor_kimj@raonenm.com
- 🏠 twitter.com/Arete_8
- 로맨스, 로판
- 공백 미포함 5만 자 분량의 원고, 작품 전체의 줄거리, 키워드를 파악할 수 있는 시놉시스

로크미디어(로코코, 르네, 퀸즈셀렉션, 스틸레토)

- ✉ romance@rokmedia.com
- 🏠 blog.naver.com/rokmedia
- 로맨스, 로판
- 완결된 작품을 보내주시는 것을 선호하지만, 에필로그 제외 결말이 어느 정도 보이는 글도 좋습니다.
- 최소 8만 자(공백 포함) 이상의 원고(무료 연재 시 20편 이상)
- 시놉시스를 첨부해주시면 더 원활한 검토가 가능합니다(등장인물, 스토리 구조, 연재 여부).
- 작가님 연락처, 출간작

리디(블랙엔, 로즈엔, 나인, SOME)

- ✉ editor@ridi.com
- 🏠 ridibooks.com
- 로맨스, 로판
- 시놉시스, 로맨스는 공백 미포함 5만 자 이상의 원고, 로판은 공백 미포함 10만 자 이상의 원고.
- 별도 투고 사이트 없이 위 리디 메일로 전달하면 여성향팀에서 확인 메일 줌.

리케

- ✉ 홈페이지 투고 폼
- 🏠 blog.naver.com/dear_lykke
- 로맨스, 로판
- 한글 기준 공백 포함 최소 5만 자 이상
- 미완결 작품 투고 가능.

마루코믹스(마루책방)

- ✉ novel@marucomics.com
- 🏠 blog.naver.com/maru_comics
- 로맨스, 로판
- 3만 자 이상 원고, 기승전결이 포함된 시놉시스

마야마루
(마롱, 말레피카, 페리윙클)

✉ 마롱/말레피카 :
mromance@mayabooks.co.kr

✉ 페리윙클 :
winkle@mayabooks.co.kr

🏠 blog.naver.com/m_romance

마롱

- 로맨스
- 상세 줄거리와 작품 정보가 들어간 시놉시스
- 공백 미포함 최소 5만 자에서 10만 자 내외의 투고 원고(공백 미포함 7만 자 이하의 단편 투고 시 완고로 투고해주세요.)

페리윙클

- 로맨스 판타지
- 5만 자 이상의 원고와 키워드를 포함한 시놉시스

마이디팟(라떼북, 다카포)

✉ info@mydepot.co.kr

🏠 lattebook.co.kr

- 로맨스, 로판

- 게시판에 작품 투고하시면 영업일 기준 2주 이내 출판 가능 여부 답변 드립니다.
- 첨부 파일에 작품의 샘플 한글파일을 보내주시면 됩니다.
- 회신은 작성해주신 이메일 혹은 게시글 답변으로 보내드립니다.
- 게시판은 비밀글로 운영됩니다.
- 출판사 메일로 직접 투고하셔도 편집자가 출판 가능 여부 검토 후 회신 드립니다.

문피아(스텔라)

✉ romance@munpia.com

🏠 twitter.com/Romance_Mun

- 로맨스, 로판

뮤즈앤북스

✉ musenbooks@naver.com

🏠 blog.naver.com/musenbooks

- 로맨스, 로판
- 시놉시스와 최소 4만 자(공백 미포함) 이상의 원고
- 완결된 작품인 경우 전체 완결 원고

베아트리체

✉ beatricebook0908@naver.com

🏠 blog.naver.com/beatricebook0908

- 로맨스, 로판
- 투고 일정 확인(유동적)

봄미디어
(크라운 노블, 레이시 노블)

✉ 크라운 노블 :
crown-novel@daum.net

✉ 레이시 노블 :
racy-novel@daum.net

🏠 blog.naver.com/bommedia

크라운 노블

- 로맨스 판타지
- 완결, 혹은 절반 이상 분량의 원고와 시놉시스

레이시 노블

- 19금 로맨스
- 완결, 혹은 3분의 2 이상의 분량의 원고와 시놉시스

북극여우

✉ editor_novel@polarfoxbook.com

🏠 blog.naver.com/polarfoxbook

- 로맨스, 로판
- 5만 자 이상의 원고
- 시놉시스, 캐릭터 설명, 연령가, 키워드, 연재 여부 및 링크

북큐브(북큐브R, AURORA)

✉ romance_bl@bookcube.com

🏠 blog. naver.com/bookcube

- 로맨스, 로판
- 단행본/연재 : 100페이지 이상의 원고 또는 완결고를 투고해주시면 됩니다. 완결까지의 시놉시스도 함께 보내주시면 작품 검토에 더욱 도움이 됩니다.

북팔
(로아, 윈썸, 메피스토, 헌터, 글림)

✉ 홈페이지 투고 폼

🏠 blog.naver.com/bookpalbooks

- 로맨스, 로판
- 자체 사이트 투고
- 미공개 신작은 5만 자 이상, 북팔 출간 완료 작품은 모든 회차 분량 5천 자 이상의 완결 작품

뷰컴즈(에이블, 이브)

✉ 글링 앱 투고 폼

🏠 blog.naver.com/viewcommz

- 로맨스, 로판
- 2023년도부터는 '글링' 앱을 통해 접수
- 글링+ Plan을 통해 공백 미포함 5만 자 이상의 원고와 시놉시스 접수
- 투고 절차 블로그 참고

브리드(A-list)

✉ contents@breathe.co.kr

🏠 blog.naver.com/breatheco

- 로맨스, 로판
- 작품 투고는 이메일로만 접수 받습니다.
- 작가 소개서(작품 이력, 필명을 필수 포함/ 작품 이력이 없다면 작가님에 대해 많이 알려주세요.)
- 작품 소개서(작품 기획 의도와 주제, 완결까지의 대략적인 줄거리, 등장인물 소개 등 포함)
- 원고 첨부(공백 포함 최소 6만 자)

비전비앤피(로맨티카)

✉ romantica@visionbp.co.kr

🏠 blog.naver.com/visionnovel

- 로맨스, 로판
- 최소 10화 이상의 원고(1화당 5,000자 이상)와 시놉시스(블로그 양식 첨부)를 함께 보내주세요.
- 최소 1만 자 이상 초단편 투고 역시 받고 있습니다. 초단편 투고의 경우 완고를 보내주세요.
- 시놉시스에 소설의 최종 결말이 포함되어 있어야 합니다!

뿔미디어
(스칼렛, 다향, 필프리미엄, 뿔)

✉ 홈페이지 투고 폼

🏠 blog.naver.com/dahyangs

- 시놉시스(기승전결, 등장인물), 원고 최소 10화(공백 포함 5만 자) 이상, 작가 소개(출간작, 무료 연재 경력)
- 반드시 접수 폼으로 투고 부탁드리며 원고는 하나의 파일로 접수하시기 바랍니다.

사슴의 풀밭
(라이즈, 아이즈, 로튼로즈)

✉ subeu@deergreenpub.com
🏠 blog.naver.com/eternaluniverse

- 로맨스, 로판
- [초단편] 공백 미포함 기준 최소 1만 5천자 이상의 완고
- [그 외] 연재 분량 5화 이상의 원고
- 투고 시 투고 양식을 원고와 함께 첨부해 보내주세요.

삼양(피오렛, 단글, 로즈벨벳)

✉ sycnc@samyangcnc.com
🏠 blog.naver.com/dan_gul

- 로맨스, 로판
- 전체 줄거리가 담긴 시놉시스 + 5만 자(공백 포함) 이상의 원고
- 파일명: 제목_필명(원고), 제목_필명(시놉시스)
- 블로그에 첨부된 투고 양식에 맞추어 작성해주세요.

서울미디어코믹스(레브)

✉ webnovel@seoulmedia.co.kr
🏠 twitter.com/reve_rf

- 로맨스, 로판

- 10만 자 이상(전체 기준 공백 미포함). 20만 자 이상 작품은 초반 원고(5만 자 이상) + 시놉으로 투고

스노우미디어(썸데이, 누디나잇)

✉ 홈페이지 투고 폼
🏠 blog.naver.com/snowmedia

- 로맨스, 로판

스토리야

✉ storyya11@naver.com
🏠 blog.naver.com/k-storyya

- 로맨스, 로판

스토리위즈(블레슈, 태랑)

✉ wiznovel@kt.com
🏠 storywiz.co.kr

- 로맨스, 로판

스토리존

✉ storyzone1@naver.com
🏠 blog.naver.com/storyzone1

- 로맨스, 로판
- 시놉시스: 등장인물 소개, 기승전결이 확실히 쓰인 전체 줄거리를 A4 1~2페이지 분량으로 보내주

세요(작품 관련 키워드 포함).

- 초벌 원고: 5,000자(1회 분량)×10
  화 분량

스토리튠즈

✉ kakaoxst@storytunes.net

🏠 www.storytunes.co.kr

- 로맨스, 로판
- 제목: 스토리튠즈[장학생 신청] or
  스토리튠즈[작품 투고]
- 분량: 30,000 ~ 50,000자
- 내용: 작품 제목/필명or작가 이름/
  장르/연락처
- 첨부 파일(HWP): [신청 목적]_작가
  명.hwp

스토리펀치(테라스북, 엘핀데아)

✉ terracebook@storypunch.kr

🏠 blog.naver.com/terracebook

- 로맨스, 로판
- 1~5화 분량의 원고와 등장인물,
  줄거리가 있는 시놉시스를 함께
  메일로 보내주세요! 작가 소개가
  있는 경우 함께 첨부해주시면 감
  사합니다!

스토린랩
(시계토끼, 하트퀸, 앨리스)

✉ storin_romance@storinlab.com

🏠 blog.naver.com/storinlab_romance

- 로맨스, 로판
- 분야와 상관없이 공백 포함 5만
  자 이상, 시놉시스와 원고를 한 파
  일에 작성하여 첨부
- 블로그에 첨부된 투고 양식 사용

스튜디오12

✉ 홈페이지 투고 폼

🏠 blog.naver.com/studio-12

- 로맨스, 로판
- 작품 소개와 대략적인 기승전결을
  담은 시놉시스
- 10화 내외의 원고(공백 포함 4만 자
  이상)

스튜디오 이케이(설렘)

✉ romance@studios-ek.com

🏠 blog.naver.com/studio-ek

- 로맨스
- 블로그에 첨부된 투고 양식에 맞
  추어 작성해주세요.
- 최소 투고 원고 분량은 5만 자입

니다(공백 포함).

스튜디오 JHS
(새턴, 새턴나잇, 엔픽)

✉ 새턴/새턴나잇: jhs@studiojhs.com

✉ 엔픽: jhs_n@studiojhs.com

🏠 blog.naver.com/studiojhs

새턴

- 현대물/로맨스판타지/시대물
- 연재: 최소 5화 이상(회당 공포 4000 자)+시놉시스(블로그 첨부 양식)
- 단행: 최소 공미포 2만 자 이상+시놉시스

새턴나잇

- 여성향 고수위 초단편
- 단행: 최소 공미포 2만 자 이상+시놉시스(블로그 첨부 양식)

엔픽

- 현대물/로맨스판타지/시대물
- 연재: 최소 5화 이상(회당 공포 4500 자)+시놉시스(블로그 첨부 양식)

시즈닝북스

✉ contact@seasoningbooks.com

🏠 blog.naver.com/seasoningbooks

- 로맨스, 로판
- 투고 기간 확인(유동적)

신영미디어
(신영미디어, 루시노블, 녹스)

✉ 신영미디어(로맨스): sy@sybook.kr

✉ 루시노블(로맨스 판타지), 루시노블#씬: lucy@sybook.kr

✉ 녹스(19금 로맨스): nox@sybook.kr

🏠 twitter.com/shinyoung_books

🏠 twitter.com/eclipse_twit

- 로맨스, 로판
- 필명, 출간작 등의 간단한 소개
- 이메일 주소 혹은 연락처
- 시놉시스(기승전결이 드러나는 원고 전체 줄거리 및 등장인물 소개)
- 투고 원고의 무료/유료 연재 이력
- 5만 자 이하의 단편의 경우 원고 전체, 최소 5만 자 이상의 원고 투고(완결고가 아닐 경우, 총 예상 분량 기재)
- 로맨스, 로판은 1, 3 분기에만 투고 받음.

아미티에(페르소나)

✉ 홈페이지 투고 폼

🏠 blog.naver.com/novel_amitie

- 로맨스, 로판
- 공백 포함 3만 자

알트프로덕션/다람 미디어

✉ junelm4@naver.com

🏠 blog.naver.com/junelm4

- 로맨스, 로판
- 공백 미포함 3만 자 이상의 원고
- 다람 미디어 투고 서식 첨부 파일에 맞추어 투고
- 메일 제목을 '[투고] (장르)원고 제목_필명'으로 작성하신 후 투고해주세요.

어나더(폴링인북스, 어나더폴링)

✉ to_another@40inbooks.com

🏠 blog.naver.com/40inbooks

- 로맨스, 로판
- 시놉시스는 한 줄의 로그라인과 다섯 줄의 간략 줄거리를 반드시 포함해주세요.
- 원고는 5화(공미포 19,000자) 이상이면 됩니다.

어울림/자몽나무

✉ flysoo35@nate.com

🏠 facebook.com/oullimfantasy

- 로맨스, 로판

윤송(스피넬, 벨리, 파인)

✉ webnovel@younsong.co.kr

🏠 blog.naver.com/younsongbook

- 로맨스, 로판
- 공미포 3만 자 이상의 원고, 공미포 3만 자 이하의 초단편은 완결까지!
- 원고 파일명은 도서출판 윤송 투고(장르_작가명_작품명).hwp 형식을 갖추어 작성(투고 양식은 홈페이지에서 다운로드)
- 파일에 들어갈 내용 : 필명, 연락처 혹은 이메일 주소, 제목, 장르, 간단한 줄거리, 본문(원고)
- 작품이 인터넷에 연재되고 있다면 사이트의 구체적이고 정확한 경로를 기재

에브리웨이

✉ 홈페이지 접수

🏠 everywaycontest.com

- 로맨스, 로판
- 작품 스토리가 요약된 A4 10장 이내의 시놉시스
- 5화 분량의 원고(1화 기준 글자 수 5,000자 이상)
- 파일명: (상시투고)작품명_필명_장르_원고, (상시투고)작품명_필명_장르_시놉시스

에이시스미디어

✉ ernaglobal9@gmail.com

🏠 acesmedia.co.kr

- 로맨스, 로판
- 공백 포함 6만 자 이상의 원고
- 원고 파일 안에 반드시 이름, 연락처를 함께 표기해주세요.

에이템포미디어(크레센도)

✉ atempo_media@naver.com

🏠 blog.naver.com/atempo_media

- 로맨스, 로판
- 3만 자 이상 분량의 원고
- 기승전결이 포함된 시놉시스
- 제목 양식: [장르]_[작가명]_[제목]
- 매월 1일~15일(16일~31일까지는 접수를 받지 않습니다.)

에이투지엔터테인먼트(블랙피치)

✉ black-peach@naver.com

🏠 blog.naver.com/black-peach

- 로맨스, 로판
- 간략한 캐릭터 소개 및 시놉시스와 공백 포함 2만 자
- 메일 제목: [블랙피치 투고] 작품명

에피루스
(에피루스, 썸스토리, 아모르)

✉ tugo@epyrus.com

🏠 blog.naver.com/bms_epyrus

- 로맨스, 로판
- 전 장르 공백 미포함 3만 자 이상
- 투고 시 필독 사항

1. 필명 및 작가명, 작품명, 장르, 연락처

2. 성인 연령가 작품인 경우 연령가를 표시해 주세요.

3. 연재 중인 사이트가 있으시다면 함께 적어주세요.

4. 원고및 시놉시스(주요 등장인물과 줄거리 등에 대한 요약)를 첨부해 주세요.

엠스토리허브

✉ editor@mstoryhub.com

🏠 blog.naver.com/mstoryhub

- 로맨스, 로판
- 원고는 5만 자 이상(공백 포함 기준) 보내주세요(9만 자 이하의 단편의 경우, 완결고로 투고 권장).
- 시놉시스는 블로그에 첨부된 파일을 다운로드 후 작성해주세요.
- 투고하실 때, 메일 제목 〈장르/작품명/작가명〉으로 부탁드립니다.

연담

✉ yeondam_@naver.com

🏠 blog.naver.com/yeondam_

- 로맨스, 로판
- 투고 기간 확인(유동적)

영상출판미디어(돌체, 루체)

✉ dolce_luce@naver.com

🏠 twitter.com/dolce_luce

- 로맨스, 로판

예원북스(캔디민트 라인, 핫핑크 라인, 레드킬 라인)

✉ yw_line@naver.com

🏠 blog.naver.com/yw_line

- 로맨스, 로판
- 중단편 : 최소 2만 자 이상의 초반 원고와 간단한 시놉시스, 키워드
- 장편 : 최소 4만 자 이상의 초반 원고와 간단한 시놉시스, 키워드

오렌지디

✉ editor@oranged.co.kr

🏠 oranged.co.kr

- 로맨스, 로판
- 시놉시스, 공백 미포함 10만 자 이상의 원고

온글미디어(비포선셋, 애프터선셋)

✉ og_media@ongeul.com

🏠 blog.naver.com/og_ss

- 로맨스, 로판
- 공백 포함 3만 자 분량의 원고와 시놉시스

와이엠북스(티파티)

✉ ymbooks@nate.com

🏠 blog.naver.com/ymbooks2012

- 로맨스, 로판
- 투고 양식과 작품 원고 내용을 모

두 첨부하여, 반드시 하나의 파일로 전달 부탁드립니다.
- 투고 파일명은 날짜, 장르, 작품명, 필명이 모두 포함되도록 정리 부탁드립니다.
- 투고 시 작품 분량은 3~5만 자(연재 기준, 5~10화) 이상으로 부탁드립니다.
- 완결고 투고 가능합니다.
- 상반기 접수: 3, 4, 5월
- 하반기 접수: 9, 10, 11월

우신출판사(탐, 루비레드, 퀸즈노블, 카라노블, 루나노블)
✉ woosin@wsbooks.net
🏠 blog.naver.com/woosin2004
- 로맨스, 로판
- 최소 전체 원고의 30% + 블로그에 첨부된 양식

웅진씽크빅(사막여우, 달밤)
✉ 홈페이지 투고 폼
🏠 blog.naver.com/wj_fennecfox
- 로맨스, 로판
- 시놉시스: 작품 키워드, 주요 인물 소개, 전체 줄거리

- 원고 분량: 화당 공백 포함 4000자 기준(5~10화)

위즈덤하우스
✉ 홈페이지 투고 폼
🏠 blog.naver.com/wisdomwebnovel
- 로맨스, 로판
- 투고 분량은 최소 5만 자 이상(공백 포함)의 원고를 보내주세요.
- 연재형 원고라면 회당 5,000자 이내의 원고를 10화 분량 보내주세요(총 5만 자).

이야기 들(레이디 가넷)
✉ iyagideul@naver.com
🏠 blog.naver.com/iyagideul2017
- 로맨스, 로판
- 필명, 출간 혹은 연재 경험, 기출간작 등 간략한 작가님의 소개를 부탁드립니다.
- 분량은 완결고가 아닌 경우는 최소 10~15화의 원고와 함께 시놉시스를 보내주시면 됩니다.

작가컴퍼니(로제토, 블랙로즈)
✉ 홈페이지 투고 폼

- 🏠 blog.naver.com/jcroseto
- 로맨스, 로판
- 시놉시스(자체 양식), 원고1~5화 (공백 포함 약 25,000자)
- 투고 기간 확인(유동적)

재담미디어(설담)

- ✉️ suldam@jaedam.com
- 🏠 blog.naver.com/jaedam0306
- 로맨스, 로판
- 기승전결의 이야기 구조가 담긴 내용, 공미포 3만 자 이상

재미로엔터테인먼트(온리뉴)

- ✉️ onlynue@naver.com
- 🏠 blog.naver.com/onlynue
- 로맨스, 로판
- 완결인 경우: 전체 완결 원고
- 완결이 아닌 경우: 완결까지의 대략적인 줄거리, 분량, 예상 완결 시기, 최소 3~4만 자의 원고(도입 부분)를 함께 보내주시면 좋습니다.
- 출간 이력이 있는 경우 집필 계획 중인 작품의 기획안(분량, 일정, 시놉시스)

제우미디어

- ✉️ ebook1@jeumedia.com
- 🏠 www.jeumedia.com
- 로맨스, 로판
- 이메일로 원고의 요약(5p 내외), 목차, 저자 약력, 연락처와 함께 원고를 보내주세요.

제이플미디어(티라미수)

- ✉️ jplusmedia@hanmail.net
- 🏠 blog.naver.com/jayplemedia1
- 로맨스, 로판
- 블로그 첨부 투고 양식으로 투고
- 최소 5화 이상
- 투고 기간 확인(유동적)

조아라

- ✉️ writer@joara.com
- 🏠 twitter.com/joara_Dobby
- 로맨스, 로판
- 원고 50,000자 이상(공백 포함)
- 시놉시스, 캐릭터 설명 첨부

조은세상

- ✉️ romance@comics21c.co.kr
- 🏠 blog.naver.com/goodworld24

- 로맨스, 로판
- 단행본 위주

청어람(뮤즈, 홀릭, 플라이)
✉ 홈페이지 투고 폼
🏠 blog.naver.com/roramce
- 로맨스, 로판
- 시놉시스는 블로그에 첨부 된 자체 양식 사용
- 투고 시 연재 10화 분량의 원고와 시놉시스를 함께 첨부해주세요.

카멜(가가린)
✉ 홈페이지 투고 폼
🏠 blog.naver.com/camelbooks
- 로맨스, 로판
- 현대 로맨스(본편 60화 이상), 동양 로맨스(본편 60화 이상), 로맨스 판타지(본편 100화 이상)
- 투고 분량: 5만 자 이상
- 필수 정보: 필명, 이메일 주소, 장르, 전체 줄거리, 등장인물 소개, 원고(첨부)
- 투고 기한 확인(유동적)

콘텐츠랩블루(멜로즈, 노블오즈, 나비레드, 세레니티, 마리나, 나비노블)
✉ idun@contentslabblue.com
🏠 blog.naver.com/contentslabblue1
- 로맨스, 로판
- 전체적인 내용을 파악할 수 있는 시놉시스
- 공백 제외 5만 자(10화 분량) 이상의 원고
- 연재 중이시라면 연재처 링크 첨부

키다리스튜디오
(러브홀릭, 오드아이)
✉ 러브홀릭(로맨스):
loveholic@kidaristudio.com
✉ 오드아이(로맨스 판타지):
oddeye@kidaristudio.com
🏠 twitter.com/oddeye_ro
- 로맨스, 로판
- 연재 10회, 분량 4만 자 정도의 원고와 기승전결 요약본

텐북(프롬텐)
✉ submit@tenbook.co.kr
🏠 tenbook.co.kr
- 로맨스, 로판

- 완결 원고 혹은 최소 3만 자 이상 (공백 미포함 기준) 원고로 투고 부탁드립니다.
- 제목, 필명, 장르, 예상 완결 분량 등의 필수 정보를 시놉시스에 기재 부탁드립니다.
- 메일 투고 시 제목에 투고하는 작품의 장르, 제목, 필명을 기재해주세요.

툰플러스

✉ toonplus@toonplus.net

🏠 blog.naver.com/storyhoon1117

- 로맨스, 로판
- 시놉시스와 최소 5만 자(공백 포함) 이상의 원고를 제출해주세요.
- 시놉시스 양식은 붙임 파일에서 다운받으실 수 있습니다.

파란미디어(파란방, 파란썸)

✉ paranbook@gmail.com

🏠 cafe.naver.com/paranmedia

- 로맨스, 로판
- 최소 10회 분량(공백 포함 5만 자)

페퍼민트(딜)

✉ mintbooks@naver.com

🏠 mintbooks.co.kr

- 로맨스, 로판
- 시놉시스 및 5만 자 이상의 원고
- 작품의 기승전결이 서술된 줄거리 및 키워드와 등장인물 소개, 예상 완결 분량, 연재 중인 작품일 경우 연재처의 링크, 기 출간작이 있으실 경우 출간 이력 기재 부탁드립니다.

피플앤스토리(페가수스)

✉ pns_contents@pnstory.kr

🏠 blog.naver.com/ppnstory

- 로맨스, 로판, 동로판
- 매월 1〜5일(5일간), 메일을 통하여 접수
- 최소 3만 자 이상의 원고와 시놉시스
- 투고 양식은 블로그 첨부 파일 다운로드

필연 매니지먼트

✉ 홈페이지 투고 폼

🏠 blog.naver.com/feelyeon2015

- 로맨스, 로판
- 1장 분량 시놉시스
- 5만 자 이상(공백 포함) 원고
- 투고 기간 확인(유동적)

학산문화사(릴리스, 에델)

✉ haksan_romance@naver.com
🏠 blog.naver.com/haksan_romance

- 로맨스, 로판
- 5만 자 이상의 원고
- 블로그 첨부 서식 사용

해피북스투유(레드라인)

✉ happybooks2u@naver.com
🏠 blog.naver.com/happybooks2u

- 로맨스, 로판
- 블로그의 작품 기획안을 다운받아 본인 작품과 함께 메일로 보내주세요.
- 중·장편 소설(회당 5000자 내외/공백 포함): 1~5회 분량 첨부
- 여성향 초단편 소설(2만 자 내외/공백 포함): 완결 원고 첨부

KW북스(CL프로덕션)

✉ 홈페이지 투고 폼
🏠 blog.naver.com/cl_production

- 로맨스, 로판
- 인물, 줄거리 등이 포함된 시놉시스와 최소 5만 자 이상의 원고

RS미디어

✉ rs_romance@naver.com
🏠 blog.naver.com/rs_romance

- 로맨스, 로판
- 미완결 원고도 받고 있습니다. 다만, 시놉시스도 함께 보내주신다면 보다 정확한 검토가 이뤄질 듯 합니다.
- 정해진 분량은 없습니다만, 각 화당 5,000자 정도의 5~10화 분량(A4 50매 내외)은 있어야 정확한 검토가 가능합니다.

투고 긍정/반려
체크리스트

투고의 흐름을 한눈에 확인할 수 있게 데이터화해주는 체크리스트다. 항목은 출판사, 투고일, 확인 메일 유무, 답변 예상 기간, 답변일, 실제 소요 기간, 투고 결과, 출판사 피드백으로 총 8가지다.

출판사마다 투고 후의 회신 내용과 회신 기간이 천차만별로 다르다. 작가는 투고한 시점부터 답변이 올 때까지 애를 태우며 기다리지만, 생각처럼 단번에 결과가 나오지 않는다. 이럴 때 이 체크리스트를 활용해 출판사별 투고 흐름을 정리해두면 다음 번 투고에서는 해당 출판사에서 언제 어떻게 회신을 줄지 대략적으로나마 예측할 수 있게 된다. 기간 유추가 가능하면 회신을 기다리며 애태우는 일도 확연히 줄어든다. 회차를 거듭할수록 자신만의 출판사 데이터가 쌓이는 것이다.

출판사	투고일	확인 메일 유무	답변 예상 기간	답변일	실제 소요 기간	투고 결과	출판사 피드백
출판사 A	24.05.01	○	7일	24.05.04	3일	긍정	키워드나 플롯은 좋으나 전개가 느리고 사건이 적은 편
출판사 B	24.05.01	○	30일	24.05.16	15일	반려	×
출판사 C	24.05.01	×	?	24.05.21	20일	긍정	재밌는 키워드를 활용한 것이 인상적

● **출판사**

투고한 출판사의 이름을 적는다. '마법의 체크리스트 ①'에서 투고할 출판사를 골라 투고한 뒤 적으면 된다.

● 투고일

출판사에 투고한 날짜를 적는다. 여러 출판사에 투고
하다 보면 어떤 출판사에 언제 투고했는지 헷갈릴 때가
있다. 이를 위해 출판사별로 투고 날짜를 적어둔다.

● 확인 메일 유무

대부분의 출판사에서는 메일을 잘 받았음을 알리기
위해 확인 메일을 보내준다. 다만 확인 메일을 주지 않
는 출판사도 있고, 확인 메일을 받기까지도 기간이 걸릴
수 있다. 본인의 경험을 적어두면 추후 도움이 된다.

● 답변 예상 기간

출판사에서 확인 메일을 줄 때, 대략 어느 정도의 기
간 안에 회신을 줄지 알려준다. 물론 통상적인 기간이므
로 그보다 빠르거나 훨씬 늦어질 수도 있다.

● 답변일

출판사에 투고한 원고에 대한 답변(긍정, 반려)을 받은
날짜를 적는다.

● 실제 소요 기간

투고 후 답변을 받기까지 실제로 걸린 기간을 적는다. 예를 들어 A출판사에서 3일이 걸렸고, B출판사에서 10일이 걸렸다면, 이후 투고할 때 두 출판사에서 어느 정도 기간 안에 회신이 올지 예측할 수 있다.

● 투고 결과

출판사에 투고한 원고에 대한 답변(긍정, 반려)을 기록한다.

● 출판사 피드백

투고 담당자의 작품 피드백을 적는 공간이다. 출판사에서 원고에 대한 피드백을 주었다면 기록해둔다. 투고 후 긍정 및 반려 여부와 상관없이 작품 피드백을 요청할 수 있다. 다만 원고가 반려된 경우 피드백을 주지 않는 출판사가 더 많다는 점도 참고하기 바란다.

출판사별
계약 조건 비교

    출판사의 계약 조건을 객관적으로 비교하는 체크리스트이다. 항목은 출판사 이름, 계약 비율, 선인세, 표지, 추천 프로모션, 정산, 리뷰/교정, 담당자 소통 방식, 연락 주기, 피드백까지 총 10가지이다. 이 10가지 외에도, 출판사의 규모, 강세 장르, 원장부 확인 여부 등, 본인이 원하는 계약 기준을 추가해 사용해도 좋다.

    투고에 긍정적으로 회신한 출판사가 다수일 경우, 각각의 계약 조건을 비교해 가장 나은 곳을 선택해야 한다. 이때 이 체크리스트를 활용하면 여러 출판사의 계약

출판사	계약 비율	선인세	표지	추천 프로모션
출판사 A	7:3	100만	일러스트	카카오페이지 삼다무
출판사 B	7:3	200만	일러스트	시리즈 매열무
출판사 C	8:2	×	일러스트	시리즈 매열무

조건을 한눈에 확인하며 어떤 출판사에서 가장 좋은 조건을 제시했는지 파악할 수 있다. 시간이 지난 뒤에 보아도 해당 출판사에서 어떤 조건을 제시했는지를 기록해두면 도움이 된다. 체크리스트를 통해 나만의 데이터를 쌓는 것이다.

● 출판사

투고한 출판사의 이름을 적는다. '마법의 체크리스트 ①'에서 투고할 출판사를 골라 투고한 뒤 적으면 된다.

● 계약 비율

웹소설 판매 정산금을 몇 대 몇의 비율로 나누어 받는

정산	리뷰/교정	담당자 소통 방식	연락 주기	피드백
익익월	3교	메일만	1~3일	전개 일부 수정
익익월	2교	전화/카톡	평일	등장인물 수정
익익월	3교 이상	카톡	언제나	바로 교정 교열

지를 말한다. 정산금과 관련해서는 '마법의 체크리스트 ④'에서 상세하게 설명하겠다.

● 선인세

말 그대로 작가에게 먼저 주는 인세를 의미한다. 웹소설을 판매하기 전, 판매 금액이 어느 정도 되겠다 싶은 예상 금액을 출판사에서 미리 지급하는 것이다. 정확하게 그 금액을 넘을 것 같아서 주는 경우도 있지만 작가를 유치하기 위해 좀 더 부르는 경우도 있고, 어떠한 이유나 사정이 있어 적게 주는 경우도 있다.

● 표지(일러스트/디자인)

출판사에서 작가의 소설에 어떤 표지를 지원해주는지 체크하는 항목이다. 일반적으로 유료 연재는 일러스트 표지, 단행본은 디자인 표지를 사용한다.

● 추천 프로모션

출판사 담당자가 해당 작품에 어떤 플랫폼, 어떤 프로모션을 추천하는지 적어두는 공간이다. 추천 프로모션은 대체로 소설의 분위기와 전개 키워드를 따라가며, 이후 진행 시 작가의 의사를 많이 반영하는 편이다.

● 정산

일반적으로 익익월이다. 1월 웹소설 판매 금액을 플랫폼에서 2월에 정산하여 출판사에 주고, 출판사에서는 3월에 작가에게 인세를 주는 방식이다. 참고로 익월은 없으며, 익익익월은 추천하지 않는다.

● 리뷰/교정

담당자가 소설에 리뷰를 주는 방식과 소설을 교정, 교

열해주는 횟수를 의미한다. 리뷰를 주는 방식은 담당자마다 다르고, 교정과 교열 횟수는 보통 2~3교가 기본이다. 경우에 따라 여기서 더 적어지거나 늘어날 수 있다.

● 담당자 소통 방식

담당자가 카톡, 전화, 메일 중 어떤 연락 방식을 선호하는지, 혹은 어떤 방식이 가능한지에 대한 내용이다. 소통 방식은 담당자에 따라 다르다.

● 연락 주기

담당자가 소설과 관련한 메일에 회신하는 기간을 의미한다. 가능한 한 바로 답변해주면 좋겠지만, 담당자는 동시에 여러 작품을 관리하다 보니 회신에 시간이 걸릴 수 있다. 이는 옵션과 같은 항목이니 궁금하다면 물어보면 된다.

● 피드백

담당자가 소설에 대한 피드백을 주는 것이다. 보통 긍정을 줄 때에만 피드백을 주는 경우가 많다.

출판 분야
표준 계약서와 가계약서

계약 전, 출판사에서 보내준 가계약서를 확인해 독소 조항을 피해야 한다. 독소 조항이란 출판사에서 작가에게 불합리한 조건을 떠넘기는 조항을 의미한다.

웹소설 업계에는 아무것도 모르는 신인 작가에게 독소 조항을 강요하는 출판사가 여전히 존재한다. 따라서 가계약서를 받으면 출판 분야 표준 계약서와 비교하며 독소 조항이 있는지 확인해야 한다. 가계약서에서 이해가 되지 않는 항목이 있다면 담당자와의 소통을 통해 짚고 넘어가자.

대표적인 출판사 독소 조항

● 원고 수정의 권리

원고에 대한 최종 결정권은 작가에게 있다. 출판사가 최종 결정권을 갖는 것은 독소 조항이다. 참고로 조항에 들어가는 단어 중 '무조건', '허락' 등, 출판사의 권리를 작가의 권리보다 우선시하는 모든 단어는 독소에 해당된다.

● 작가 선인세

선인세는 작품이 런칭되기 전까지 작가의 생활을 위해 선지급하는 금액이다. 선인세는 '작품별로' 책정되며, 해당 작품의 런칭 후 '매출에서' 차감한다. 이때 선인세를 작품이 아닌 작가에게 거는 것은 명백한 독소 조항이다. 작가 선인세란 A 작품에서 선인세를 차감하지 못하는 것을 동일 작가의 B 작품 매출에서 차감하겠다는 의미이다.

● 출판 비용

표지 및 교정 교열, 홍보 등 출판과 관련한 모든 비용은 출판사에서 부담한다. 작가의 의무는 원고를 완고 인도일 내에 전달하고 리뷰와 교정에 따라 원고를 수정하는 것이다.

● 선인세 반환

런칭 후 일정 기간 안에 매출로 선인세를 차감하지 못하면 작가가 선인세를 반환, 즉 물어내야 한다는 조항은 명백한 독소 조항이다. 어떠한 경우에도 선인세 차감에 기간을 두지 않다.

출판 분야 표준 계약서 상세 설명

가계약서와 출판 분야 표준 계약서를 비교해야 한다는 것을 알고 있더라도, 법적 용어가 주를 이루는 계약서를 확인하고 비교하는 건 쉽지 않은 일이다. 대부분은 용어를 해석하는 단계부터 어려움을 겪는다. 이런 혼란을 줄여주고자 출판 분야 표준 계약서 항목 중 핵심 항목만 따로 뽑아 설명하고자 한다. 아래 설명을 토대로 출판 분야 표준 계약서와 가계약서 항목을 비교하면 독소 조항을 빠르게 파악할 수 있을 것이다.

● 제3조 (출판권의 설정) / 제4조 (출판권 설정의 등록)

제3조 (출판권의 설정)
① 저작권자는 출판사에게 위 저작물에 대한 출판권을 설정한다.
② 제1항의 규정에 따라 출판사는 위 저작물을 원작 그대로 출판할 수 있는 독점적이고도 배타적인 권리를 가진다.

제4조 (출판권 설정의 등록) 출판사는 위 저작물에 대한 출판권 설정 사실을 한국저작권위원회에 등록할 수 있으며, 이 경우 저작권자는 등록에 필요한 서류를 출판사에게 제공하는 등 이에 적극 협력하여야 한다.

출판사의 가계약서는 보통 '제3조 출판권의 설정'과 '제4조 출판권 설정의 등록'에서부터 시작한다. 따라서 여기부터 가계약서와 비교하면 된다. 제3조와 제4조는 기본적인 내용이기 때문에 대부분 표준 계약서와 동일하지만 간혹 독소 계약을 제안하는 출판사의 경우, 여기에 어떤 항목을 넣을지 모르니 반드시 출판 분야 표준 계약서와 비교하는 것을 추천한다.

● 제6조 (출판권의 존속기간 등)

제6조 (출판권의 존속기간 등)
① 출판사가 보유하는 위 저작물의 출판권은 계약일로부터 초판 1쇄 발행일까지, 그리고 초판 1쇄 발행일로부터 _____년까지 효력을 가진다.
② 저작권자 또는 출판사는 계약기간 만료일 _____개월 전까지 문서로써 상대방에게 계약의 종료를 통보할 수 있으며, 이러한 종료 통보에 따라 계약기간 만료일에 이 계약은 종료된다.
③ 제2항에 따른 종료 통보가 없는 경우에 이 계약은 동일한 조건으로 _____년까지 자동 연장되며, 이 경우 출판사는 자동 연장 이전까지의 저작권사용료를 정산하여야 한다.
④ 출판사는 제2항의 계약종료 통보 기한 이전에 저작권자에게 제2항 및 제3항의 내용을 통지하여야 한다.

출판사에서 작품의 독점적 판매 권리를 소유하는 기간으로 보통 '계약 기간'이라 한다. 장편 소설은 최대 3년, 단편 소설은 1년의 계약 기간을 제안한다. 계약 기간은 협의에 따라 조정할 수 있다.

웹소설 작가들은 대부분 장편 소설 계약 기간이 3년

을 넘어가면 독소 조항으로 분류한다. 3년 뒤에는 런칭한 작품들이 쌓여 더 좋은 조건으로 계약을 연장하거나 출판사를 옮길 수 있기 때문이다. 출판사를 옮기면 기존 작품의 리뷰와 별점이 사라지므로 보통 계약 연장을 많이 선택하지만, 간혹 상황에 따라 출판사를 옮기는 경우도 있다. 연장 여부는 계약 만기 시점에 선택하면 된다.

● 제7조 (완전원고의 인도와 출판 시기 및 반환)

제7조 (완전원고의 인도와 출판 시기 및 반환)

① 저작권자는 _____년 _____월 _____일까지 위 저작물의 출판을 위한 완전한 원고 또는 이에 상당한 자료(이하 '완전원고'라 줄임)를 출판사에게 인도하여야 한다. 다만, 부득이한 사정이 있을 때에는 출판사와 협의하여 그 기일을 변경할 수 있다.

② 출판사는 저작권자로부터 완전원고를 인도받은 날로부터 _____개월 이내에 위 저작물을 원래 목적대로 출판하여야 한다(특약이 없는 경우 9월 이내 출판함). 다만, 부득이한 사정이 있을 때에는 저작권자와 협의하여 그 기일을 변경할 수 있다.

③ 위 저작물의 출판 후 출판사는 저작권자에게 원고(원화 포함) 등 인도받은 자료 일체를 즉시 반환하여야 한다. 다만, 저작권자와 출판사가 협의하여 반환하지 아니할 수도 있다.

④ 제1항에 따른 완전원고에 대한 판단은 저작권자와 출판사의 합의에 따라야 하며, 합의가 이루어지지 않은 경우에 이 계약은 해제된 것으로 본다.

소설의 완결 원고를 출판사 담당자에게 전달하는 일자를 의미한다. 이 항목에는 자신의 스케줄상 최종 완고를 전달할 수 있는 일자를 적으면 된다. 완고 인도를 빠르게 할 수 있다 하더라도, 대부분의 작가는 혹시 모를 상황에 대비해 넉넉하게 기간을 잡는다. 소설을 쓰다가 막히거나 중간에 변수가 생길 수도 있기 때문이다.

● 제8조 (저작물의 내용에 따른 책임 및 계약 내용의 고지 의무)

> **제8조 (저작물의 내용에 따른 책임 및 계약 내용의 고지 의무)**
> ① 위 저작물의 내용이 제3자의 저작권 등 법적 권리를 침해하여 출판사 또는 제3자에게 손해를 끼칠 경우에는 저작권자가 그에 관한 모든 책임을 진다.
> ② 이 계약이 완전한 효력을 갖기 위하여 날인 또는 서명 이전에 출판사는 저작권자에게 계약 내용을 설명하여야 한다.

표절과 관련한 조항으로, 저작권 침해가 발생할 때 그와 관련한 비용을 작가에게 청구하는 항목이다. 이때 주의할 부분은, '표절 제의'만으로는 손해 배상을 청구할 수 없어야 한다는 것이다. '표절 확정'일 때만 작가가 출판사에 손해 배상을 한다는 사실을 명확히 해두어야 한다.

제15조 (저작권사용료 등)

① 출판사는 아래와 같이 저작권자에게 정가의 일정 비율에 해당하는 금액에 일정 부수(발행부수 또는 판매부수)를 곱한 금액을 지정 계좌를 통하여 저작권사용료로 지급한다. 이때 저작권자는 출판사에게 발행부수 또는 판매부수에 대한 자료를 요청할 수 있다.

초판의 경우 도서정가의 _____%×발행부수, 2쇄부터는 도서정가의 _____%×판매부수 (   )

도서정가의 _____%×발행부수 (   )

도서정가의 _____%×판매부수 (   )

기타 _____

② 출판사는 _____개월에 한 번씩 발행부수 또는 판매부수를 저작권자에게 통보하고 통보 후 30일 이내에 그 기간에 해당하는 저작권사용료를 지급하여야 한다. 만일 출판사가 발행부수 또는 판매부수를 약정기일 내에 통보하지 아니하는 경우 저작권자는 저작권사용료를 청구할 수 있으며, 출판사는 청구일로부터 30일 이내에 이를 지급하여야 한다.

③ 저작권자는 납본, 증정, 신간 안내, 서평, 홍보 등을 위하여 제공되는 부수에 대하여는 저작권사용료를 면제한다. 다만, 그 부수는 매 쇄 당 _____%를 초과할 수 없으며, 출판사는 자세한 내역을 저작권자에게 알려주어야 한다.

제16조 (선급금)

① 출판사는 이 계약 성립일로부터 _____영업일 이내에 선급금으로

원을 저작권자에게 지급한다.

② 초판 제1쇄의 발행부수는 ____부로 정한다.

③ 출판사는 초판 제1쇄 발행 시 지급할 저작권사용료에서 제1항의
선급금을 공제한다.

저작권사용료와 선급금은 매출에 대한 정산 비율과
선인세를 의미한다. 돈과 관련된 항목이니만큼 정확한
숫자를 기입하는 것이 좋다.

계약 비율은 장편 단편 모두 기본적으로 7(작가):3(출
판사)이다. 출간 이력과 이전 작품의 매출에 따라 8:2 등
으로 올라가기도 한다. 간혹 6:4의 비율을 제시하는 출
판사도 있다. 특히 몇몇 중대형 출판사의 경우, 신입 작
가에게만 6:4의 비율을 제시하기도 한다. 해당 출판사와
계약하는 것은 작가의 선택이지만, 대부분의 작가는 이
런 정산 비율을 추천하지 않는다.

참고로 현대 로맨스 장르의 경우, 여전히 6:4의 계약
비율과 함께 선인세를 지급하지 않는 출판사가 다수 있
다. 현대 로맨스 장르를 계약할 때 선택지가 없다면 6:4
의 계약 비율로 계약한 다음 출간 작품을 쌓아 점진적으

로 계약 조건을 협의해 비율을 올리는 것도 방법이다.

● 제18조 (2차적저작물작성권 등)

제18조 (2차적저작물작성권 등)

① 이 계약기간 중에 위 저작물이 국내외 제3자의 요청에 의하여 번역, 각색, 편곡, 변형 등의 방법으로 2차적저작물로서 이용되는 경우 그에 관한 이용허락 등 모든 권리는 저작권자에게 있으며, 출판사에 먼저 요청이 오는 경우 출판사는 이 같은 사실을 위의 제3자에게 알려주어야 한다. 아울러 출판사는 제3자의 저작물 이용허락 요청 사실을 저작권자에게 알려주어야 한다.

② 이 계약의 목적물인 위 저작물의 내용 중 일부가 국내외 제3자의 요청에 의하여 복제 및 공중송신 등의 방법으로 재이용되거나 기타의 방법에 의하여 부차적으로 이용되는 경우 그에 관한 이용허락 등 모든 권리는 저작권자에게 있으며, 출판사에 먼저 요청이 오는 경우 출판사는 이 같은 사실을 위의 제3자에게 알려주어야 한다. 아울러 출판사는 제3자의 저작물 이용허락 요청 사실을 저작권자에게 알려주어야 한다.

③ 제1항 및 제2항에도 불구하고 출판사에 저작권법에 따른 저작권대리중개업 자격이 있는 경우 저작권자는 2차적 및 부차적 이용에 따른 저작권사용료의 징수 등 2차적 및 부차적 이용허락에 관한 사항의 전부 또는 일부를 출판사에게 위임할 수 있다. 그 위임의 범위 및 발생 수익의 분배 비율 등 자세한 사항은 별도의 서면으로 합의하여 정한다.

웹툰화, 드라마화, 영화화 등 소설을 2차 저작물로 만들기 위한 조항이다. 사실 가장 깨끗한 계약서는 '소설'에 대해서만 계약하는 것이다. 2차 저작물에 대한 조항 자체가 없는 것이 가장 좋다. 추후 2차 저작물이 진행될 때 소설의 매출에 따라 계약 비율을 조정하는 것이 작가 입장에서는 유리하기 때문이다. 하지만 요즘은 소설의 웹툰화가 매우 활발하게 진행되므로 거의 모든 출판사에서 해당 조항을 처음부터 넣어 계약을 제시한다. 2차 적저작권의 경우, 보통 5:5의 비율로 계약한다. 이 비율이 합당한지에 대해서는 작가마다 의견이 다르지만, 현재까지는 이와 같은 비율로 진행되고 있다.

장르별 웹소설
출판사 정보

'투고하다[1]'라는 사이트를 통해 장르별 웹소설 출판사와 각각의 레이블, 작가 인증 후기, 출판사별 주력 프로모션과 출간 작품, 유료 플랫폼 런칭 작품, 공모전 정보를 한눈에 확인할 수 있다. 하루가 다르게 생겨나는 출판사와 레이블 정보를 따라잡기 벅차거나 작가들의 생생한 계약 후기가 궁금하다면 꼭 방문해보기 바란다.

---

1 toogohada.com

출판사와 레이블 정보

'출판사' 탭에서는 장르별 출판사의 정보를 확인할 수 있다. 거의 모든 출판사가 등록되어 있기 때문에 타 장르 출판사에 대해 궁금하거나 추가 정보가 필요한 경우에도 유용하게 활용할 수 있다.

특정 출판사를 클릭해 들어가면 실제 그 출판사와 작업한 작가들의 작업 후기 또한 확인할 수 있다. 하지만 웹소설 작업 특성상, 그 후기가 해당 출판사에 대한 팩트라고는 생각하지 않는 것이 바람직하다.

'투고하다' 사이트의 출판사 카테고리는 출판사 정보를 개별로 확인하기에는 좋지만, 투고할 때는 정보가 한데 모여 있지 않아 결국 홈페이지에서 모든 조건을 일일이 확인해야 하는 번거로움이 따른다. 따라서 정보를 확인한 후에는 '마법의 체크리스트①'을 활용해 투고하는 것이 더 효율적이다. 체크리스트는 현재 로맨스 작가들이 가장 많이 투고하는 출판사를 가려 뽑은 것이므로 보다 양질의 정보를 얻을 수 있고, 투고할 출판사를 선택하는 데도 도움이 된다.

프로모션 순위 정보

'출판사 순위' 탭을 누르면 출판사별로 출간한 작품의 프로모션 개수와 그에 따른 순위가 나온다. 각 출판사에서 출간한 작품들이 '어떤 플랫폼에서 어떤 프로모션으로 런칭되었는지'를 종합하여 알려주는 것이다.

계약을 고려 중인 출판사가 어떤 플랫폼을 주력으로 공략하는지를 참고하는 용도로 활용하는 것을 추천한다. 참고용으로만 활용하는 이유는, 프로모션 순위 중 상위에 올라가 있는 출판사가 로맨스 작가들이 선호하는 출판사나 정말 영향력 있는 출판사와는 다른 경우도 있기 때문이다.

로맨스 작가들이 체감하는 좋은 출판사는 작품별, 담당자별, 계약 조건별, 진행 과정별로 각기 다르다. 심지어 같은 출판사라도 평판이 갈리는 경우가 빈번하다. 따라서 출판사를 파악할 때는 단순히 프로모션만이 아닌 다양한 방면을 고려하여 판단하는 것이 바람직하다.

로맨스 판타지, 현대 로맨스
키워드 모음집

    키워드는 그 자체로 소재가 될 수 있기 때문에 키워드를 선택하는 것만으로도 전개의 방향이 나오기도 한다. 여기에는 각 장르별로 가장 많이 쓰이는 정석적인 키워드를 모아두었다.

    키워드는 기본적으로 장르별 호환이 가능하다. 로맨스 판타지의 여자 주인공 키워드를 현대 로맨스 여자 주인공 키워드로 사용할 수 있다는 뜻이다. 대부분은 호환이 가능하나, 로맨스 판타지와 현대 로맨스의 장르적 차이 때문에 한 장르에서만 주로 사용되는 키워드도 있다.

여기서는 호환이 가능한 키워드들은 더 많이 사용되는 장르에 속하도록 분류해두었다.

로맨스 판타지 & 현대 로맨스 소재 키워드

로맨스 판타지 장르의 소재 키워드

차원 이동, 회귀, 환생, 빙의, 책 빙의, 게임 빙의, 역하렘, 베이비 메신저, 수인물, 아카데미물, 궁정 로맨스, 여주 판타지, 여주 성장물, 가족 후회물, 일상물, 개그물, 힐링물, 육아물, 착각계

현대 로맨스 장르의 소재 키워드

캠퍼스, 사내연애, 전문직, 연예인, 동거, 맞선, 금단의 관계, 이혼, 재혼

로맨스 판타지 & 현대 로맨스 장르 공통 소재 키워드

재회물, 연인, 첫사랑, 친구→연인, 라이벌, 비밀연애, 삼각

관계, 갑을관계, 신분 차이, 계약 결혼, 선 결혼 후 연애, 원나잇, 몸정→맘정, 속도위반, 기억 상실, 오해, 복수, 권선징악, 로맨틱 코미디, 쌍방 구원

로맨스 판타지 & 현대 로맨스 주인공 키워드

여주 키워드

평범 여주, 뇌섹 여주, 능력 여주, 재벌 여주, 사이다 여주, 직진 여주, 계략 여주, 능글 여주, 다정 여주, 애교 여주, 유혹 여주, 절륜 여주, 집착 여주, 나쁜 여주, 후회 여주, 상처 여주, 짝사랑 여주, 철벽 여주, 순진 여주, 까칠 여주, 냉정 여주, 무심 여주, 도도 여주, 외유내강 여주, 우월 여주, 걸크러시 여주, 털털 여주, 엉뚱 여주, 발랄 여주, 귀여운 여주, 도망 여주, 뽀시래기 여주, 엑스트라 여주, 개그 여주, 시한부 여주, 당찬 여주, 유쾌한 여주, 눈치 빠른 여주, 눈치 없는 여주, 쿨한 여주, 솔직 여주, 용감한 여주, 해맑은 여주, 침착한 여주, 흑막 여주, 햇살 여주

남주 키워드

츤데레 남주, 조신 남주, 평범 남주, 뇌섹 남주, 능력 남주, 재벌 남주, 사이다 남주, 직진 남주, 계략 남주, 능글 남주, 다정 남주, 애교 남주, 유혹 남주, 절륜 남주, 집착 남주, 나쁜 남주, 후회 남주, 상처 남주, 짝사랑 남주, 순정 남주, 철벽 남주, 동정 남주, 순진 남주, 까칠한 남주, 냉정한 남주, 무심 남주, 오만 남주, 카리스마 남주, 존댓말 남주, 대형견 남주, 연하 남주, 폭스 남주, 사차원 남주, 병약 남주, 내숭 남주, 시한폭탄 남주, 시한부 남주, 천재 남주, 싸가지 없는 남주, 여주 바라기 남주, 질투 남주, 사랑꾼 남주, 흑막 남주

딱 2달 만에 로맨스 작가로
데뷔시켜 드립니다

초판 1쇄 인쇄 2024년 2월 15일
초판 1쇄 발행 2024년 2월 22일

지은이 로엘
펴낸곳 (주)앵글북스
주소 서울시 종로구 사직로8길 34 경희궁의 아침 3단지 오피스텔 407호
문의전화 02-6261-2015
메일 contact.anglebooks@gmail.com

ISBN 979-11-87512-91-2 13800